维可兔的寓言故事

美德寓言

葛琳◎编写

北方妇女儿童出版社

·长春·

图书在版编目（CIP）数据

美德寓言 / 葛琳编写. -- 长春：北方妇女儿童出
版社，2018.5
　（维可兔的寓言故事）
　ISBN 978-7-5585-2184-3

　Ⅰ.①美… Ⅱ.①葛… Ⅲ.①儿童文学—寓言—作品
集—世界 Ⅳ.①I18

中国版本图书馆 CIP 数据核字（2018）第 048366 号

美德寓言
MEIDE YUYAN

出 版 人　刘　刚
出版统筹　师晓晖
策　　划　魏广振
责任编辑　李　严　左振鑫
封面设计　孙鸣远

开　　本　720mm×1000mm　1/16
字　　数　80千字
印　　张　10

版　　次　2018 年 5 月第 1 版
印　　次　2018 年 5 月第 1 次印刷
出　　版　北方妇女儿童出版社
发　　行　北方妇女儿童出版社
地　　址　长春市人民大街 4646 号　　邮　编 130021
电　　话　总编办 0431-85644803　　发行科 0431-85640624
印　　刷　保定市铭泰达印刷有限公司

定　　价　28.80 元

在人类文化历史的长河中，寓言故事源远流长。尽管它篇幅短小，语言简练，却饱含生活经验与人类感悟，焕发着智慧的光芒与道德的色彩。它就像人类智慧的常青之树，虽历经沧桑，却仍闪烁着鲜活的生命力。

走进寓言故事这个文化宝库，就可以看到里面珍品无数，琳琅满目，都是我们享用不尽的精神财富。这些寓言故事经常运用拟人化的手法，赋予各种各样的动物、植物以人的思想，包含讽刺或劝诫的寓意，充满智慧地表现思想但又不失纯朴真挚。在这套书里，我们精心挑选了六种类型的寓言故事，分别是美德寓言、情商寓言、智慧寓言、科学寓言、励志寓言和理财寓言。为了突出寓言主旨，我们为每个寓言配以形象生动的彩色插画，使其更具可读性、故事性、生动性。

那么，就让这些意味深长、耐人寻味、发人深省的故事，带大家进入一个充满幽默、讽刺和哲理的智慧殿堂吧！让它们像生活海洋中的盏盏航灯，一起导引我们驶向成功，走向辉煌吧。

目 录
MULU

小男孩与小海龟

沙滩上有许多小石子和五颜六色的小贝壳，一只小海龟往岸上爬着，爬过了草地，爬过了小坡，玩得非常开心。天晚了，小海龟才想起来该回家了。可是它迷路了，不知该往哪儿走。小海龟难过地哭了起来。

这时，一个小男孩儿刚好经过这里，看见小海龟伤心的样子，就问它发生了什么事情。小海龟说自己迷路了。小男孩儿对小海龟说：

"别害怕，我给你带路。"

说完，他捧起小海龟向海边走去。到了海边，小男孩儿又对小海龟说：

"到家了，快回去吧。"

帮助别人的同时，自己也会从中受益。

说完，小男孩儿把小海龟放回到海里。

过了几年，小男孩儿长成了大小伙子。一次，他独自驾船做买卖，不幸遇到了海盗。双方搏斗时都落入海中。正当小伙子感到绝望的时候，一只大海龟从海底钻上来，驮着小伙子往岸边游去。小伙子感到很奇怪，问海龟为什么救他。海龟回答说：

"好心人，几年前，你救过我的孩子，帮助你是应该的！"

说完，老海龟把小伙子安全地驮到岸边。最令小伙子惊奇的是，他驾驶的那艘小船和整船的货物也完好无损地停在岸边——那是小海龟们的功劳呢。

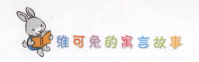

孩子，我要找的就是你

从前有一位贤明而受人爱戴的国王，他把国家治理得井井有条，人民安居乐业。国王的年纪逐渐大了，但膝下却无一个子女，这件事让国王很伤心。于是国王决定，在全国范围内挑选一个孩子收为义子，把他培养成自己的接班人。

国王选子的标准很独特，他给孩子们每人发了一些花种子，并宣布谁用这些种子培育出最美丽的花朵，那么谁就成为他的义子。

孩子们领回种子后，开始精心地培育，从早到晚，浇水、施肥、松土，都希望自己能够成为幸运者。

有个男孩儿，也整天精心地培育花种。但是，十天过去了，半个月过去了，一个月过去了，花盆里的种子连芽都没有冒出来，更别说开花了。

很快，国王决定观花的日子到了。无数个穿着漂亮衣裳的孩子走上街头，他们各自捧着开满鲜花的花盆，用期盼的目光看着缓缓巡视的国王。国王环视着争奇斗艳的花朵与漂亮的孩子们，并没有像大家想象中的那么高兴。

忽然，国王看见了端着空花盆的男孩儿。他无精打采地站在那里，眼角还泛着泪花，国王把他叫到跟前，问他：

"孩子，你为什么端着空花盆呢？"

男孩儿抽咽着，他把自己如何精心侍弄、但花种怎么也不发芽的经过说了一遍。没想到国王的脸上却露出了最开心的笑容，他把男孩儿抱了起来，高声说：

"孩子，我要找的就是你！"

"为什么是这样？"大家不解地问国王。

"我发的花种全部是煮过的，根本就不能发芽开花。"国王说。

捧着鲜花的孩子都惭愧地低下了头，因为他们全都另播下了种子。

11

拉磨的马

从前有个农夫养了一匹马和一头驴。这两头牲畜对主人都非常重要，缺一不可。

但是，驴子却经常遭到马的羞辱，"没出息的家伙，一天到晚，只知道围着一个石磨转来转去。眼睛还被蒙着，看不见自己的前途，像你这样活着有什么意思呢？还不如早点儿死了算了！"经常受到马的百般羞辱，驴子再也忍受不了了，于是伤心地走了。

第二天，主人怎么都找不到驴子，就把马牵来套到磨上。"我怎么能做这种事呢？真是大材小用！"马不服气地说。

"可我也要生活啊！没有面吃怎么行啊？"说着，主人就蒙住了马的眼睛，并且在它的屁股上重重地打了一鞭子。

马只好围着磨盘转起圈来，但没多久，马就感到头昏脑涨，浑身酸疼。好不容易熬到天黑后，它才被解下套来。"唉！没想到驴子这活儿也不轻松呀！以后再评论别人，一定要先设身处地地想一想再说。"马发自肺腑地说。

马救牧童

在放牧中，牧童看管的十几匹马被狼群冲散了。其中的一匹马没命地奔跑，慌乱中竟逃到悬崖边。这时候，几只狼也紧跟着赶到，恶狠狠地向它扑来，马嘶鸣着跳下了悬崖。

侥幸的是，这匹马竟然苏醒过来了。马试图站起来，却发现自己一条前腿已经摔断，脊梁骨也疼得无法忍受，脖颈上还滴着鲜血。但它不顾这一切，仍然顽强地试了又试，终于站起来了。马仔细辨认方向后，一瘸一拐地向牧场走去。

当马带着浑身伤痛，一瘸一拐地回到牧场时，看护牧场的猎犬惊讶极了，问道：

"你傻了吗？你都伤成这样子了，回来后肯定会被那狠毒的牧场主屠宰，因为他会觉得你已经毫无用处了。你为什么不趁此机会一走了之，给自己找一条生路呢？你真是太傻了！"

舍己救人是一种难能可贵的美德。

马昂起头说：

"猎犬兄弟，你说的这些我

都明白。但我必须回来，因为我放心不下那个可怜的小牧童。你知道吗？每次放牧，假如丢失一只羊羔，牧场主都会毫不留情地将他打个半死。这次，我——一匹马不见了，还不晓得狠心的牧场主会怎样惩罚他……我怎么忍心呢？我不能让他为我送了命！"

老头儿找朋友

有一位孤独的老头儿，他自小就想找个没有缺点的朋友，但却一直没找到。后来，他还跑到大森林里去找。动物们听说他来找朋友，个个争着欢迎他。

"咱们交个朋友吧，我天天给你摘野果。"猴子高兴地说。

"不行！"老头儿摇了摇头，"你有个缺点，动物界数你最淘气，最爱捣蛋！"

"咱们交个朋友吧，我天天帮你干重活儿。"大象热情地说。

"不行！"老头儿慌忙把手藏在背后，"你有个缺点，性情很暴躁，发起脾气来格外厉害！"

"咱们交个朋友吧，我天天给你跳舞。"孔雀友好地说。

"不行！"老头儿轻蔑地说，"你有个缺点，成天跟人家比漂亮，夸耀自己的艳装！"

"你们人类不是说过，'谁要找没有缺点的朋友，谁就没有朋友吗？'"八哥的话刚说完，动物们便一哄而散了。

后来，有一位学者对老头儿说，要求别人一点儿缺点也没有是不可能的，最重要的是热情地帮助别人改正缺点。

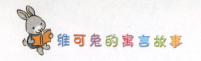

送礼鸟

非洲多哥的一座山上，有一只送礼鸟，从来没有欢笑过，一只漂亮的小鸟问它为啥老是这样苦恼。它说：

"我整天除了找食填饱肚子，就是无聊地飞来飞去，这样的生活实在空虚。"

"你找些事儿做，不就充实了吗？"

"我想当个歌唱家，用动人的歌声给人以欢乐，可偏偏长了一副非常难听的破嗓子。我想长一身像你一样的漂亮羽毛，供人欣赏，给人以美的享受，可偏偏长了一身不起眼的羽毛。"

"别的事儿你也许不会干，可是采摘鲜花和果子你总该会吧？"

"会是会，可采花果的生活有啥价值，有啥意义？"

"每只鸟，只要尽自己的所有力量去为人类做好事，它的生活就有价值，就有意义。"

送礼鸟听了这句话，便陷入了沉思。

从此以后，送礼鸟改变了平时的生活。它每天都会飞到村落，把从森林里采来的鲜花和鲜果投进居民的窗户。

哇哇直哭的孩子吃到它送来的甜果，马上停止了啼哭。

劳动回来的人们一看到它送来的鲜花，顿时忘记了疲劳。

奉献是一种快乐，学会从身边的小事做起，做一个无私奉献的人。

看到自己给别人带来的喜悦，送礼鸟的脸上总是充满了欢笑。

劳而无功的蜘蛛

　　有家布店老板很会做生意,只要开门,四面八方的顾客都会拥进商店来买布。

　　在商店的角落里有个蜘蛛看见商店的主人生意这么好,心里想,商人的布好卖,是因为他的货物花色选得漂亮。可是我织的丝网也很漂亮啊! 也许还能卖个好价钱呢!

　　想到这儿,蜘蛛在窗前显眼的地方不停地工作起来,晚上也不休息。蜘蛛觉得,自己织的丝网又漂亮又显眼,明天一早,肯定会有很多顾客要买它织的丝网。

　　可是,第二天一早,商人用抹布一抹,就把窗户上的蜘蛛丝网全给擦没了。蜘蛛气急败坏地骂了起来。

　　一只蜜蜂飞过来,问蜘蛛为什么骂人呢。

　　蜘蛛就把自己如何辛辛苦苦地织丝网、如何想卖个好价钱的想法告诉了蜜蜂。

　　蜜蜂听了蜘蛛的的经历后,说:"我说蜘蛛妹妹,这你就不知道了吧,你的网是好看,但是对人没什么用;而那个商人的布呢,是既漂亮又可以做衣服。"

小蜘蛛得到了爱

小蜘蛛盼望着得到别人的爱，它总是缠着妈妈问："妈妈，怎样才能得到别人的爱呢？"

"孩子，爱就藏在丝网里，你学会编织它，就能得到爱啦。"蜘蛛妈妈说。

小蜘蛛很纳闷儿:织网不就是为了捉蚊子吗？怎么里边会藏着爱呢？虽然百思不解,但它还是跟着妈妈学起了织网。

有一天，一只甲鱼爬上岸来产卵。

"孩子,我们快到甲鱼妈妈的身边去织网吧。"蜘蛛妈妈对小蜘蛛说。

小蜘蛛歪着脑袋问：

"我们为什么要到甲鱼妈妈的身边去织网呢？"

"甲鱼妈妈要是被蚊子叮了就会死去的,它现在最需要我们去保护它呀。"蜘蛛妈妈说。

小蜘蛛点点头，赶紧跟着妈妈爬下树来，在甲鱼妈妈的身边布开了密密麻麻的丝网。

甲鱼妈妈趴着一句话也没说。它产完卵后，就自顾自

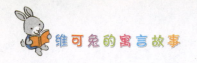

地爬回河里去了。

小蜘蛛噘起嘴巴说：

"你看，妈妈，我们这样辛辛苦苦地织网保护它，可它连一句谢谢都没说就走了！"

"孩子，如果你是真心诚意地爱护别人，为什么要别人感谢你呢？"蜘蛛妈妈说。

小蜘蛛脸红了，它记住了妈妈的话。

过了几天，小蜘蛛独自在树上布网，突然一阵风刮来，把它卷进了河里。小蜘蛛拼命地挣扎，眼看就要被淹没时，突然感到有谁在水里顶着它，一直将它护送上岸。小蜘蛛爬上岸，还不知道是谁救了它的命。

小蜘蛛跑回去告诉了妈妈。

"孩子，这是你用自己对别人的爱换来别人对你的爱呀，现在你明白了吧？"蜘蛛妈妈笑着说。

"妈妈，我明白啦！"小蜘蛛说，"原来，要想得到别人的爱，首先自己就要学会爱别人，对吗？"

蜘蛛妈妈笑了。

三个年轻人与一个种树老翁

在一座农舍旁边，有一个80岁的老人拿着镐头刨坑，他的身边放着一些小树苗。三个年轻人从路边经过时，看见老人挖坑种树，都觉得很奇怪，其中一个年轻人说：

"这个老头儿真奇怪，这么大的年纪还在种树，这种劳动会给他带来什么好处呢？"

另一个年轻人接着说：

"这么大年纪挖坑，如果是盖房子还说得过去，种树就不好理解了。"

第三个年轻人说：

"种树应该是年轻人的事，80岁的人种树，的确不明白他是什么意思。"

老人听完三个年轻人叽叽喳喳的议论，放下手中的镐头说：

"我的生命之烛不会有

只要活得有价值，平凡的人生也一样有意义。

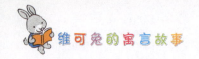

多少光芒了，我现在种树可以让子孙们乘凉时感激我，天神也会因为大地多了一片绿色而感谢我。我们的生命同样短促，我们四人中我虽然最年长，但有谁能保证我是第一个闭上眼睛停止欣赏蓝色天空和明媚阳光的人呢？虽然我不能品尝自己的劳动果实，但是为别人提供果实的喜悦也同样令人陶醉。"

三个年轻人听了老头儿的话虽然有些不高兴，可是后面发生的事，却证明了老头儿的话。

第一个年轻人要去捕鱼，一出港口遇到风暴，船翻人亡。

第二个年轻人参军报国，在一次战斗中丧生。

第三个年轻人在爬上树搞嫁接时不小心掉下来，摔死了。

老人为三个青年暗自伤心落泪。

竹高葱翠

竹林边有一个菜园,林里长着小竹,园里长着小葱。小竹日生夜长,几天工夫就长高了一大截。小葱虽然青青翠翠的,可就是长得太慢了,好几天也没长高几寸。

"小葱朋友,要加油啊!难道你们不想冲上天来与我们比试比试吗?"小竹们说。

"我们一辈子也长不到一尺,哪能冲上天和你们比呢?"小葱们笑着回答。

"你们既然不能上天,那冒出地面干什么?真没出息!"小竹们鄙夷地说。

小葱们听了小竹的议论,并没有垂头丧气,说:

"不,小竹兄弟,我们敬佩你们的奋发和进取精神,虽然我们不能上天,但能给人类生活增添一点儿色彩,这样做不也挺有意义吗?"

23

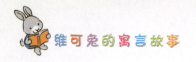
河边的巨龟

在两个村庄之间，有一条很宽的河，每逢山洪暴发，河水猛涨，人们便无法通过。

有一天，甲村的一位老妇人突然生病，可医生在河对岸的乙村，正值洪水泛滥的时节，无法过河去请医生。

老太太的儿子是位孝子，他见老母亲病危，便背着母亲来到河边，但河水太深，水流很急，根本无法渡河。

孝子见此情景，只好放下母亲，伤心地大哭。他的哭声惊动了河底的一只巨龟，巨龟浮上水面问道：

"小伙子，你为什么哭泣啊？"

"母亲生病了，可我没法儿带她过河去看医生！"

"哦，是这样啊，那你赶快背上你母

24

亲,让我驮你们过河吧。"巨龟说道。

"真是太感谢你了,巨龟先生。"就这样,有了巨龟的帮助,小伙子的母亲终于得救了。

从此以后,只要山洪暴发,巨龟就浮出水面,在河边巡逻,发现有急事要过河的人,便主动驮他们过河。

有时,人们为了表示感谢,会给巨龟送一些食物,但都被它拒绝了。

巨龟的同伴和水里的鱼儿们都不理解,问它为什么那样做。巨龟说:

"我觉得这样做自己很快乐,能得到这些就已经足够了。"

不计回报的付出是一种高尚的品德。

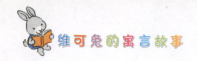

小雨点儿

大地严重干旱了。庄稼在盼雨,花木在盼雨,一切有生命的东西都在盼雨。

这一天,天空响起了一声春雷,无数小雨点儿听到雷声,仿佛战士听到出征的号角,从四面八方来赶来集合,准备给干渴的大地来一场甘霖。有一个小雨点儿, 在集合的路上被一朵遨游天空的白云拦住了。

"小雨点儿,"白云悠闲地问,"你急急忙忙要去干啥呀?"

"去下雨!"小雨点儿说。

"别去干傻事啦!"白云伸出胳膊挽住了小雨点儿,"还是跟我在一起吧,永远留在天空里多自在!"

"不!" 小雨点儿挣脱开身子说, "大地上干旱,

盼着我们去解救，不能只考虑个人自在不自在！"

"你要想想，"白云用威胁的口吻说，"你一落到大地上，就算解救了大地，可是你自己会怎么样呢？——不但再也回不到天空上来，恐怕连性命也丢了！"

"我跟你的想法不一样，"小雨点儿说，"我活着就是为大地服务，其余，我什么也不想。"

"傻瓜！"白云笑得体态脸型都走了样，"给你个棒槌你认了针（真）！我想其他小雨点儿，一定不会像你这样。即使有几个小雨点儿上了当，落到地上去，对于救旱来说，也是于事无补！"

"我没工夫和你闲扯，请你看事实吧！"小雨点儿说完这句话，头也不回地走了。

更响的春雷滚动在整个天际，悠闲的白云早已躲得无影无踪；千千万万个小雨点儿迎着春雷的召唤，前赴后继地从天空中投身下去，辽阔的大地上落下了一场及时雨。

学会全心全意地奉献，不要计较个人得失。

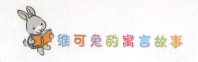
 报春人

　　春天来了,百花争艳,五彩缤纷。看着姐妹们幸福的笑脸,轻浮的桃花再也按捺不住了,骄傲地指着自己对大家说:

　　"你们知道吗,是我把春天引来的,我是东风第一枝!"

　　素有金腰带美称的迎春花听了,撇撇嘴:

　　"得了吧,谁不晓得我凌寒而放,最先把春天报道,那时还不知你在哪儿睡大觉呢!"

　　翠绿的报春兰摇摇头,也挤上前来说:

　　"你不过是迎春,而我才是报春,要说最先报告春消息的,不是我又是谁呢?"

　　这时,大地老人笑呵呵地摆摆手:

　　"作为忠实的见证人,我来告诉大家,最先报告春消息的,是至今一言不发的小草。不表白自己的功绩,已经成为它们的美德。你们应该向它们学习默默奉献的精神!"

龙菊和夜来香

　　阳台的花盆里，种着两株花——一株夜来香，一株龙菊。夜来香挺着笔直的躯干，扬着雪白雪白的面庞，似乎在表现自己的不偏不倚；龙菊满披着碧绿碧绿的卷叶，横生枝条，蓬松着头发，显得有些潇洒。

　　"喂！伙计，"夜来香对龙菊说，"你看到茶几上的那只花瓶了吗？"

　　"看见了，怎么了？"龙菊瞄了花瓶一眼后，反问。

　　"多好的琉璃鱼花瓶啊！"

　　"你想到那里去吗？"

　　"如果我能到那里，散发出浓烈的芳香，坐在沙发上的宾客，肯定会对我称赞不已。"

　　"我劝你打消这个念头吧。"龙菊真诚地说，"去年，你姐姐去了，再也没有回来！"

　　夜来香瞟了龙菊一眼，现出鄙夷的神色，并说：

　　"你害怕我到那里？说穿了，就是怕我比你受到重视！是不是？"

"唉！这叫我怎么说呢？……你要知道，我生就一副傲骨，决不羡慕别人的名誉、地位；要不，我为什么不在春天去和它们争芳斗艳呢？"

"好吧，"夜来香淡淡地说，"我且相信你的话，不过，到花瓶里生活是我的志向，这一点，是不会改变的！"

不久，夜来香真的到花瓶里去了。

不出夜来香的预料，嘉宾们对它是那么欣赏。他们总是专注地望望它，凑近鼻子来嗅一下，有的还用手抚摸他那碧绿的叶子。每当这时候，它就翻起白眼，向龙菊看看，心里暗暗地说：我生活得不错吧！

其实，龙菊根本不把这些放在心上，完全没有注意到它的得意劲儿。

没过多久，夜来香就渐渐消瘦下来了。原本上翘的叶片，不但下垂，而且还显得有些枯黄。"我生活在这样舒适的环境里，为什么还会越来越瘦弱？"它不解地问龙菊。

可是，尽管它用力呼喊，龙菊还是听不清楚——它的声音太微弱了。最后，它使出全身力气问道：

"龙菊啊，你看我变成这般模样了，这是为什么呀？"它的声调中，充满着悲哀。

"道理很简单！"龙菊回答，"你离开了供你营养的土壤，放弃了日晒、夜露的锻炼，丢掉了生枝长叶的根本！"

"怎么办？"夜来香哭丧着脸，痛苦地说，"我该怎么办？"

"怎么办？你已经断了根基，你只有……"龙菊不忍心再说下去了，免得叫夜来香伤心。

"唉！我为了追求虚荣，没料到……"

说完，夜来香将头低低地垂到了胸前。

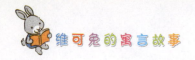

高尚的三王子

很久以前,有一位年老的国王,他决定不久后就将王位传给三个儿子中的一个。一天,国王把三个儿子叫到跟前说:

"我老了,决定把王位传给你们三兄弟中的一个,但你们三个都要到外面去游历一年。一年后回来告诉我,你们在这一年内所做过的最高尚的事情。只有那个真正做过高尚事情的人,才能继承我的王位。"

一年后,三个儿子回到了国王跟前,告诉国王自己这一年来在外面的收获。

"我在游历期间,曾经遇到一个陌生人,他十分信任我,托我把他的一袋金币交给他住在另一个镇上的儿子。当我游历到那个镇上时,我把金币原封不动地交给了他的儿子。"大儿子先说。

"你做得很对,但诚实是你做人应有的品德,不能称得上是高尚的事情。"国王说。

"我旅行到一个村庄，刚好碰上一伙强盗打劫，我立刻冲上去帮村民们赶走了强盗，保护了他们的财产。"二儿子接着说道。

"你做得很好，但救人是你的责任，还称不上是高尚的事情。"国王说。

"我有一个仇人，他千方百计地想陷害我，有好几次，我差点儿就死在他的手上。在旅途中，有一个夜晚，我独自骑马走在悬崖边，发现我的仇人正睡在一棵大树下，我只要轻轻地把他一推，他就会掉下悬崖摔死。但我没有这样做，而是叫醒了他，告诉他睡在这里很危险，并劝告他继续赶路。后来，当我下马准备渡过一条河时，一只老虎突然从旁边的树林里蹿出来，扑向我。正在我绝望时，我的仇人从后面赶过来，他一刀就结束了老虎的命。我问他为什么要救我，他说：'是你救我在先，你的仁爱化解了我的仇恨。'这……这实在是不算做了什么大事。"三儿子迟疑地说。

"不，孩子，能帮助自己的仇人，是一件高尚而神圣的事。"国王严肃地说，"来，孩子，你做了一件高尚的事，从今天起，我就把王位传给你。"

太阳鸟

太阳鸟是树林里最小的鸟儿，只有大拇指那么大。但再小的鸟也是鸟呀。太阳鸟整日期盼着能学点儿什么本领，以使自己不被鸟类朋友们"小看"。

它请求老鹰带它到空中飞翔，但老鹰认为它小得能被风吹得无影无踪，就拒绝了。

它又去请求夜莺教它唱歌。"小妹妹，我劝你还是别学唱歌，你的嗓音太小了。"夜莺摇摇头说。

太阳鸟又去向啄木鸟请教除虫。"一条小虫子都会把你的喉咙卡住，你学除虫可不合适啊！"啄木鸟说。

太阳鸟非常伤心。这时，几只蜜蜂得知它的心事后，建议太阳鸟可以和它们一起传播花粉。太阳鸟听了又惊又喜。

从此它每天就跟着蜜蜂们在咖啡林里边唱边飞，灵巧地用它的小嘴和小翅膀传播着花粉。鸟儿都对它刮目相看。

当芬芳的咖啡林里结满了累累果实时，大家夸奖说："这里面也有太阳鸟的一份功劳啊！"太阳鸟心里美滋滋的，能为大家做点儿事，心里自然高兴啦。

伪善的狐狸

一只知更鸟被打死了，可怜的是这只知更鸟还有三个孩子。

三个失去妈妈的孩子在树上没有妈妈喂食物，早已饿得"唧唧喳喳"地哭个没完。

一只狐狸从树下经过，它停住脚步吆喝起来：

"喂，树上的鸟儿，你们没看见这三个孩子没有妈妈吗？多可怜呀，只要有一点儿爱心的鸟，都不会视而不见的。杜鹃你不是在换毛吗？把你要换下来的毛先拔出来，给小知更鸟铺一张软床吧！"

它又对云雀说：

"云雀，你翻跟头游戏玩得够可以的了，你应该去为可怜的孩子们找一点儿吃的来。"

它又对斑鸠说：

"斑鸠，还有你，你完全可以离开你的孩子，你的孩子早已经可以独立生活了，你可以去当可怜的小知更鸟的妈妈。"

它又对燕子说：

"燕子，你最好抓几只虫子来喂三个可怜的孩子。"

它又对夜莺说：

"夜莺，你也别闲着，你唱的歌，孩子们最爱听，你唱的催眠曲，保证可以使可怜的孩子们安静地睡觉。"

最后，它对大家说：

"大家都快分头去干吧。有仁慈心肠的鸟儿，一定会得到上帝的保佑……"

还没等狐狸的话说完，三只小知更鸟已经饿得坚持不住了，纷纷从树上掉了下来。

这时，狐狸三步并作两步扑上去就将三只小知更鸟吃了。目睹这一切，所有的鸟儿都气愤不已，都斥责狐狸是表面善良内心恶毒的家伙。

老虎镶牙

一只吊睛白额猛虎被猎人追赶，从悬崖上跌了下来，牙全部撞断了。于是到了夜里，老虎偷偷地摸到一个牙科医生家中，请求医生给它镶牙。

"这很容易，不过，你得答应我一个条件。"医生见老虎求他，心里突然起了一个恶念头，便跟老虎讨价还价说，"隔壁有个美人儿，她不肯嫁给我，如果你把她吃了，我立即给你镶牙！"

"我的牙全没了，还能吃人吗？你快动手吧，等牙镶好了，我马上去把她吃掉！"老虎苦笑着答道。

医生听了，连忙给老虎镶了两排锋利无比的钢牙。

"牙镶好了！"医生对老虎说，"你快到隔壁去，叫那个姑娘填饱你的肚皮吧！"

"你给我镶的牙，不知能不能吃人哩，得先试一试，你让我咬咬看！"医生做梦也没有想到，老虎竟这样回答他。

说完，老虎立即扑倒医生，将医生吃了。这真是心中起了害人的恶念，到最后却害了自己。

老人与百灵鸟

有一位老人，医术高明，常年隐居在偏僻的森林里。他喜欢安静，和他朝夕相伴的是一只百灵鸟。

一天，从城堡里走来两个身带武器的人，慕名前来请老人为城堡的主人看病。

来到城堡后，只见病榻前围聚着摇头叹气的四方名医。忽然，老人带的百灵鸟腾身飞了起来，最后歇在窗台上，目不转睛地凝视着病人。老人看了病人后诊断他一定能康复。

"哪里来的乡巴佬？敢在这里插嘴！"这些名医们恼怒地吼了起来。但病人却微微睁开了眼睛。他看见了窗台上的百灵鸟，露出了微笑，脸颊渐渐红润起来，心情也开朗了。

几天以后，这位贵族来到森林里感谢那个隐居的老人。

"不用谢我，"老人说，"是百灵鸟医好了你的病。善良的百灵鸟用它关切的目光治好了你的病。"

在我们的生活中，善良像敏感的百灵鸟，它竭力地规避人世间的伪善、丑恶和愚蠢，总是和诚挚、高尚的品格同行。小鸟在绿荫中结巢，善良在具有同情心的人心里栖息。

百灵鸟的歌声

早晨，一只百灵鸟一面迎着初升的太阳飞着，一面唱出婉转的歌曲。它唱得是那么清脆，那么动听，连那最爱在早晨吵闹的麻雀们，也觉得自己叫得太单调，一个个羞愧地闭上了嘴巴。

这一边，枝头上蹲着两只麻雀，听着百灵鸟的歌唱，越听越好听，越听越羡慕，一只说：

"咱要有这么一副喉咙就好啦！"

"那是天生的。"另一只说道。

"一点儿也没错！"这只又说，"老天爷也太不公平了，给了它一副好喉咙，能叫得让人高兴，着迷；可是给我们的喉咙呢？除了会叫'啾啾啾啾'，再就不会别的了。"

它们埋怨了一阵老天爷，又把嘴紧闭起来。

百灵鸟唱了一会儿，就落在枝头上问它俩：

"麻雀兄弟，你们为什么不唱了呢？"

"我们……"麻雀有点儿不好意思地说，"我们唱得太单调，怎么好意思唱呢！"

"我很愿意听你们唱，"百灵鸟说，"还要向你们学习呢！"

"你这不是讽刺吗！"麻雀说，"谁不知道你叫百灵鸟，天生有一副好嗓子，能唱出百鸟的声音，又唱得最动听，你还会向别的鸟儿学习？"

"你错了！"百灵鸟说，"假如我真的唱得好听，这也不是别的，而是我向百鸟学习的结果。你们是百鸟中的一鸟，自然也应当向你们学习了。"

两只麻雀听了，你看看我，我看看你，再没有出声。自己唱得不好，却没想到向别的鸟儿学习；而百灵鸟唱得好，却从没忘向别的鸟儿学习。它们除了感到惭愧，还能说什么呢！

小山羊做木盆

山羊爷爷已经很老了。它迈不动双腿，伸不直腰杆儿，眼睛看不清，耳朵听不见，连牙齿也都掉光了，吃饭的时候，饭菜常常从它的嘴里漏出来。儿子和媳妇便不再让它上桌子，它只能在柴房里吃饭。

有一次，它们端了一碗饭给山羊爷爷吃，山羊爷爷想把饭碗挪近一点儿，可是碗掉在地上，摔碎了。于是，儿媳妇就开始责骂老山羊，还说以后要用大木盆给老山羊盛饭。老山羊听了，只好默默地流泪。它知道自己老了，干不动活儿，所以儿子和儿媳很嫌弃它。

有一天，儿子和媳妇在家里坐着，看见它们的儿子在地上摆弄一堆小木片玩儿。

"儿子，你这是在做什么？"山羊父亲问道。

"爸爸，我正在做木盆，等将来你和妈妈老了的时候，我好用这只木盆给你们盛饭。"儿子回答道。

听了儿子的话，山羊夫妻为自己的过错感到羞愧。从那以后，山羊夫妻改过自新，悉心地照顾山羊爷爷。

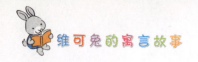
两只羊过桥

森林中有一条湍急的河流,河水不停地打着漩涡,奔向远方。连接河东河西的只有窄得只能容下一人经过的一座独木桥。

有一天,东山上的羊想到西山上去采点儿草莓,而西山的羊想到东山上去采点儿橡果。结果两只羊同时上了桥,到了桥中间,彼此谁也不肯让步,结果谁也走不过去。

东山的羊见僵持的时间已很长了,而西山的羊丝毫没有退让的意思,便冷冷地说道:

"喂,你的眼睛是不是长在屁股上了,没看见我要去西山吗?"

"我看你是连眼睛都没长吧,要不,怎么会挡我的道?"西山的羊反唇相讥。

"你让还是不让？再不让开，我就要闯过去了。"东山的羊摇了摇头，好像在说：看到没有，我的犄角就像两把利剑，它正想尝尝你的一身肥肉是否鲜美呢。

"哼，跟我斗，没门儿！"西山的羊仰天长叫一声，便低头用犄角顶向东山的羊。

"好小子，我看你是不想活了。"东山的羊边骂边低头向西山的羊迎去。

退让并不代表懦弱，而是一种美德，学会退让，对彼此都有好处。

"咔"，两只羊的犄角发出相互碰撞的声音。

"扑通"，两只羊在搏斗中同时掉入水中了。

森林里安静下来，两只羊跌入河中很快就淹死了，尸体也被河水卷走了。

西瓜感谢狮子

在非洲的沙漠里，起伏的沙丘像黄色的海洋一样。可是，这个海洋是那么干旱。太阳火辣辣地照着大地，连刮来的风都给人热辣辣的感觉。

一只狮子在沙漠上走着，它又累又渴。很幸运，它遇上野生的西瓜。狮子用爪子拍一下西瓜，西瓜就裂成了两半。呵，又甜又香的西瓜瓤露出来了，狮子一阵狼吞虎咽，一口气吃了十几个大西瓜。

狮子吃饱了，才发觉西瓜藤上的西瓜已经所剩无几了。

狮子十分抱歉地对西瓜藤说道：

"很对不起，吃了你的果实。因为我太渴了！"

西瓜藤一点儿也不生气，反而笑着说：

"还有几只西瓜呢，你都吃掉吧，一个也别剩。你吃得越多，我越感谢你！"

"为什么感谢我呢？"狮子莫名其妙地问道。

"是的，我很感谢你。"西瓜藤说道，"我的藤上的果实，就是为了免费招待你们这些路人的。谁吃了我的瓜，我就感谢谁！我唯一的要求，就是请你在吃了西瓜之后，赶快离开这里，走得越远越好！"

狮子一听，以为将会有什么灾难降临，就赶快跑了。

狮子一边跑，一边将消化过的西瓜排泄出来。在狮子的粪便里，夹杂着一颗颗完好无损的西瓜籽儿——因为西瓜籽儿有着厚厚的硬壳，它们在狮子的肚子里做了一番旅行，一点儿也没受损坏。

第二年，就在狮子排泄的地方，长出了一棵棵绿油油的幼苗。狮子的粪便则成了幼苗的肥料。

后来，在好多地方，都爬满西瓜藤，结出一个个圆溜溜的西瓜。

狮子又来了，大口大口地吃着西瓜。

当狮子吃完西瓜，西瓜藤又说道："谁吃了我的瓜，我就感谢谁！"

这一次，狮子明白西瓜藤为什么感谢它了——原来它成了"西瓜播种机"了。

在大自然中，像狮子和西瓜这样互相帮助的好朋友还有好多好多呢。

鹈鹕爸爸

　　大鹈鹕出外觅食去了，一条毒蛇乘机向它的窝偷偷爬去。小鹈鹕毛茸茸的，它们相互依偎着，睡得正甜。

　　毒蛇来到了窝边，眼神中充斥着凶神恶煞的光芒，眼看着一场残酷的杀戮就要开始了。

　　毒蛇露出了可怕的毒牙，向睡梦中的小鹈鹕咬去，那些无辜的幼鸟就这样被它活活咬死了。

　　毒蛇做完这些伤天害理的事情，不但没有悔改，心里还乐滋滋的。它迅速地回到自己的洞穴，蜷缩在那里，准备静静地欣赏大鹈鹕的悲痛。

　　大鹈鹕回到窝时，看到孩子们悲惨的遭遇，悲痛欲绝，远远近近的飞禽走兽都很同情它，大森林陷入了深深的沉默。

　　"孩子啊，失去了你们，我活着还有什么意思呢？"大鹈鹕痛楚的哀号声响彻了森林，"让我和你们死在一起吧！"它用自己那坚硬的长嘴狠命地啄着自己的胸脯，热血像泉水似的喷涌而出,浸红了小鹈鹕的羽毛。

大鹈鹕的生命和它的鲜血一起流失着,它衰弱至极,浑身震颤,带着绝望的眼神瞥了鸟巢最后一眼。

突然,小鹈鹕奇迹般地复活了,是父亲那崇高的爱唤醒了它们的灵魂,是父亲的鲜血拯救了它们的生命。大鹈鹕望着死而复生的孩子们,欣慰地合上了那双泪迹斑斑的眼睛。

父爱的博大创造了奇迹,让我们以感恩之心享受父母的爱吧。

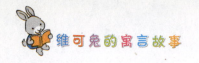

老狐狸的故事

老狐狸在森林里干尽了各种各样的坏事，很不得人心，所有的小动物们都躲着它。

这天，狐狸来到森林里，看见一只小鸡在山坡上啄食小虫子，于是动了邪念，激动地直流口水。它走到小鸡面前故意套近乎："小鸡兄弟呀，年轻就是好，你每天可以出来吃鲜美的虫子，多好！"

小鸡抬起头看见是狐狸，吓了一大跳，但还是故作镇定地说："是呀，要不你也挑几个虫子试试，味道不错呢！"

"再好吃也没有你的味道好！"狐狸说着，就扑向小鸡。

幸亏小鸡早有心理准备，看见形势不好，拔腿就跑，老狐狸在后面穷追不舍。跑着跑着，小鸡看见前面有一只捕兽夹，就往后看了看老狐狸，然后绕了过去。老狐狸只顾得

追赶猎物，哪看得见捕兽夹，一脚就踩了上去，疼得它哇哇直叫。小鸡高高兴兴地回家了。

老狐狸坐在地上一动也不敢动，等着其他动物来救自己。一只老狼经过时，老狐狸恳求老狼救救它。"你平日里为非作歹，也有今天呀！别担心，猎人会来'救'你的。"说完老狼就离开了。

干尽坏事的人的下场就是在走投无路之时，没有人会帮助他。

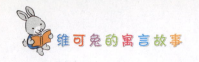

母狮护子

一群猎人手里拿着长矛，偷偷地往那个前天发现的狮洞逼近。山洞里，母狮正在给它的孩子们喂奶，它灵敏的嗅觉，很快就闻到一股人的气味，它觉察到危险已经来临。可惜已来不及了，猎人们已经把它团团围住。

凭借自己的一身本领，母狮子本可以顺利逃走，但它想自己一走开，窝里的幼狮就会轻易地落入猎人的手中。

经过几秒钟的思考后，母狮子打算拼了老命，也要保护自己的孩子。于是，它低着头，避开猎人那直刺心坎的长矛，

奋力地向包围在洞口的猎人扑了过去。

没想到，它惊人的力气和大无畏牺牲的精神，把包围它的猎人们全吓跑了，可爱的小狮子们也得救了。

青蛙和牛

池塘边有两只青蛙。一天，小青蛙对老青蛙说："爸爸呀，我刚才碰到一头可怕的大怪物哩，这个家伙大得像一座山，头上长了两只角，后面还有一条长毛的尾巴，它的蹄分成两只脚趾呢。"

"呸！呸！"老青蛙露出不屑的神情，"小孩子少见多怪。那不过是一头普通的牛而已！我也可以变得像它那样大。你看着吧。"于是它鼓气，把肚皮鼓胀起来。

"是不是这样大？"它问小青蛙。

"不，那东西大得多呢。"

于是老青蛙再深深吸一口气鼓起来，然后问小青蛙那头牛有没有这么大。

"它大得多呀，爸爸。"小青蛙又说。

于是老青蛙再三吸气，用尽了力去把肚子鼓得又大又实。他鼓呀鼓，胀呀胀，最后，胀破了自己的肚皮。

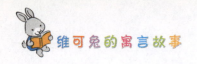
两只老鼠

一只居住在图书馆里的老鼠和一只居住在粮仓里的老鼠相遇了。图书馆里的老鼠摆出一副学者的架子，傲气十足地对粮仓里的老鼠说：

"可怜的家伙，为了填饱肚子，你们甘愿住在干燥、憋闷的谷仓里。那里除了稻谷之外什么也没有。可以想象，只有物质满足，却缺乏精神享受的生活该有多么乏味啊！图书馆里是多么安静啊，古今中外，经史子集，我都能见到。"

"这么说，您一定是位知识渊博的学者啦。"粮仓里的老鼠无比恭敬地说道。

"那当然啦，每本书里的一字一句我都要细细咀嚼，一页页装进肚里。"

"这太好了，我正有一事需要请您这样

知识渊博的老兄帮忙。"说完,粮仓里的老鼠把图书馆里的老鼠带到一座粮仓里,指着墙角的一个瓶子说:"您认得字,请看看这标签上写的是'香麻油'还是'灭鼠药'。"

其实,图书馆里的老鼠根本不认识字。看见标签上三个黑糊糊的大字,不知该如何是好,但又不肯在朋友面前认错。这时有一股香油味儿从瓶口飘出,于是,它毫不犹豫地抬头说:

"原来是这三个字啊!可怜的,让我准确地告诉你吧,这是香麻油。"

"真的?您看清楚了吗?"

"没错,不信,我先喝给你看。"为了证明自己博学,图书馆里的老鼠打开瓶盖就喝了起来。谁知没喝几口,就浑身抽搐而死。原来瓶子上写的分明是"灭鼠药"。

为了顾及面子而不懂装懂,迟早会害了自己。

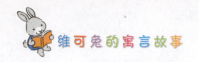

老鼠艾普

一只名叫艾普的老鼠烦恼极了，它的四周充满了危险。猫在梁上虎视眈眈，蛇在地穴里追寻它的踪迹……为了生存，艾普开始四处拜访朋友寻求生存之道。兔子告诉它说："我逃避追杀的办法是奔跑，变向，钻洞穴。"于是，艾普学会了第一种逃生技巧；蝙蝠告诉它："为了躲避危险，最好在夜里活动。"艾普便苦练夜视能力，它有了第二种逃生技巧；松鼠对艾普说："避开敌人最好的办法是上树，并在树枝间跳跃。"艾普虽然把爪子磨得生疼，但是上树并在树枝间跳跃也很快成为它的专长。

猫来追它，艾普便钻进地洞；狗来咬它，艾普便爬上树去；人想逮它，艾普就借着夜幕逃跑。有了这些本领，小艾普安全多了。

掩饰自己的猫

有一只猫，它总是把自己的优点和才能吹嘘得无人能及，而对于自己的过失却百般掩饰，生怕别人知道，而取笑它。

一天，猫好不容易捕捉到老鼠，可是一不小心让老鼠逃掉了。"我看它太瘦，不值得我下手，放它一条生路，等它长肥一点儿我再把它捉来。"它掩饰着。

它到河边捉鱼，被鲤鱼的尾巴劈头盖脸地打了两个响亮的耳光。"我并没有想捉它。我只是要利用它的尾巴来洗洗脸。刚才我捉老鼠，弄得脸太脏了！"它强装笑容说。

还有一次，猫掉进了泥坑里，浑身糊满了污泥。当它看到同伴们惊异的目光时，连忙解释道，"最近身上跳蚤多，用这办法治它们是最灵验不过的！"

后来，它掉进了河里，同伴们在岸上打算救它。"哈哈！你们认为我遇到危险了吗？我怎么会呢？河里多么凉快啊！我在游泳……"就在猫自我掩饰时，渐渐地沉没了。

"走吧。"同伴们说，"待会儿它又会说是在表演潜水呢！"

这是你的房子

有个老木匠准备退休,他告诉老板,说要离开建筑行业,回家与妻子儿女享受天伦之乐。

老板舍不得做得一手好活儿的老木匠走,再三挽留,木匠决心已下。老板只得答应。临走时老板问老木匠可否帮忙再建一座房子,老木匠答应了。

在盖房过程中,大家都看出来,老木匠的心已不在工作上了,用料也不那么严格,做出的活儿全无往日水准。老板并没有说什么,只是在房子建好后,把钥匙交给了老木匠。

"这房子是你的了。"老板说,"是我送给你的礼物。"

老木匠愣住了,后悔与羞愧使他恨不得找个地缝钻进去。老木匠一生盖了无数座好房子,没想到最后却为自己建了这样一栋粗制滥造的房子。

吝啬的财主

沙漠深处有一个村子,村子里有个财主,为人非常吝啬,他从不愿意给别人任何帮助。有一次,他听过往的商人说,他们村子里的药材在沙漠外面的市镇里可以卖到很高的价钱,于是他就想到外面走一趟,好发点儿财。这一天,他带着自己的仆人上路了。

他们出发的时候,正好是秋天,此时是沙尘暴容易发生的季节。这个财主一向精打细算,带的草料和粮食恰好够这几天的行程。可是,天有不测风云,出发后不久,风暴就漫天地刮了过来,顿时卷走了他的大部分食物和水。这时,仆人要求财主分给自己一点儿水和食物,但是这个吝啬的财主平时都不想给仆人工钱，更别说在这个紧急关头分给他水和食物了。无奈，仆人为了活命，只好离开了财主，自己寻找食物和水去了。

剩下财主一个人后，他很快就迷路了，食物和水不久就用光了。在他饥渴难耐即将命丧沙漠之时，突然看见仆人领着一个商队朝这边走过来，于是他求仆人给自己些食物，并把他带出沙漠。仆人跟商队的人们说了自己和这个吝啬财主的过往，大家听了以后，都不同意给财主任何救济，并说：

"既然财主在平时不肯给予别人帮助，大家又为什么要帮助他呢？"

就这样，吝啬的财主最终没有走出沙漠。

 "无师自通"的老虎

在比武场上，出人意外，老虎竟像秋风扫落叶一样一股脑儿打败了所有的对手，包括两米长的金钱豹和半吨重的东北熊，最后骄傲地站在最高领奖台上。

《体育报》记者上前采访它，问：

"冠军先生，这是十年来您第一次登台，这样高超的武艺，到底是师从哪一家呢？"

老虎一听，好像受到了莫大的侮辱：

"什么？我是无师自通的，一切与生俱来！"

记者苦笑，直言不讳：

"不，据我所知，猫就是您的恩师，在它的培训班上，您整整学习了十年！"

老虎羞愤满面，咆哮如雷：

"胡说八道！一个仅

一日为师，终身为父。无论取得多么辉煌的成就，都不要忘了自己的老师。

仅会捉鼠偷腥儿的渺小东西能教给我什么！我的伟大和强悍是它到死都不可能拥有的！"

"的确如此，我很同意您所说的后一句，但您为什么十年前场场败北呢？为什么十年前不敢说这些狂话呢？！"

记者毫不退缩，当着全场观众，指着老虎的鼻子继续说："您照照镜子吧，连外形装束都照搬人家的，如果猫不是您的老师，为什么要扮成它的样子！如果不是猫先生，您哪里会有今天！噢，我说错了，您是无师自通的，但通向哪里呢？通向猫的十八般武艺的精髓！您在比武场上的一招一式，有哪个不是猫先生教的！您可以不承认您的恩师，但它的确在一个没良心的学生身上倾注过全部心血！天下为师者将从此得到一个教训——再收弟子要先看他的品德！"

穷人和富人

东汉时期,有个很好学的穷学生名字叫公孙穆,他为了进太学继续深造,只好到一个富人家里做工挣点儿学费。

这一天,公孙穆正在干活儿,累得满头大汗,刚好被富人看到了。富人是个通情达理、爱惜人才的人,他看见公孙穆做工动作不太熟练,而且累得气喘吁吁,不像工人,于是就问他:"这位小伙子,你来这儿工作多久了? 为什么会来这儿工作? "

公孙穆回答说:"没来多久,我想挣点儿钱上学。"

富人一听,原来是个读书人,连忙叫他坐下休息一会儿,并且与他聊开了。就这样,他们聊得非常投机,成了无话不谈的好朋友。

这个富人叫吴裕,他不以贫富的眼光看人的精神是可贵的。

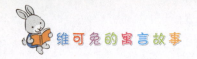

蚂蚁和麦粒

这是一粒被人们遗落在田间的麦粒，它祈求着天空快些降点儿雨水，好让它在严寒袭来之前钻进那潮湿的泥土里。匆匆赶路的蚂蚁碰见了它，毫不犹豫地把它背在背上，步履艰难地向蚁窝走去。

"你为什么要如此卖力呢？请你把我放下来！"麦粒恳求说。

"要是把你放了，"蚂蚁气喘吁吁地说着，"我们冬天就只能喝西北风了。我们蚂蚁王国人口众多，每个成员都应该尽最大的努力寻找食物，增加蚂蚁窝里的粮食储备，否则冬天一到，大家就只好挨饿了。"

"你真是一个勤快的实干家，你的集体主义精神我是敬佩的，你的担心我也是理解的。聪明的蚂蚁,也请你体谅下我,仔细听我把话说完好吗?"麦粒想了想,回答说。

刚好蚂蚁也想休息一会儿,便同意了。

"在我的身上蕴藏着了不起的力量,我的任务是创造新的生命,你应该懂得这些的。让我们做个约定吧。"麦粒说。

"什么约定?"蚂蚁边喘气边问道。

"是这样的,"麦粒认真地解释说,"如果你不把我背到蚂蚁窝里去,而把我留在田野上,那等到明年的这个时候,我将赠送你一百颗像我这样的麦粒!"

蚂蚁惊讶不已,疑惑地连连摇头。

"相信我吧,亲爱的蚂蚁,我讲的全是真心话!只要你能放下我并等待一段时间,我一定会实现自己的诺言。"

蚂蚁敲敲后脑勺儿沉思一会儿,同意了。"那么,请你告诉我,你准备怎么做呢?"蚂蚁好奇地问。

"请相信我吧!"麦粒回答说,"这是生命的巨大秘密,现在请你挖一个小坑把我埋起来,明年你再来看吧!"

第二年的秋天,蚂蚁怀着狐疑的心情,再次来到当初埋麦粒的地方,没想到诚实的麦粒果真履行了自己的诺言,赠送给它一百颗麦粒。

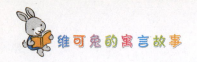

苍蝇与蚂蚁

有一天,一只苍蝇看见一只蚂蚁在为冬天准备粮食,于是连忙过去打招呼:

"我说朋友,在忙什么呢?"

"忙准备过冬的粮食呢。你好吗?"

苍蝇是天上飞的,蚂蚁是地上爬的。它们好久没在一块儿说话了,见面后就说个没完没了。

苍蝇说:

"亲爱的好朋友,我现在每天都忙里忙外,没有闲着的时候,你看,我虽然没有什么头衔,但是权力不小。"

蚂蚁觉得奇怪,问苍蝇有什么权力。

苍蝇回答说:

"我可以告诉你,判断权力的标准是——有权力的人能去的地方,没权力的人就去不了。比如王宫里,王宫的厨房,王宫的卧室。这些地方,平民百姓能去吗?这就是权力!我就能去这些地方!就是皇帝吃的水果,我也能先尝一口;

就是皇帝的皇冠我也可以当
龙床睡——只是感觉有点儿
硬；我还敢到王后头上去闻花香
呢，哎呀！那个香啊，怕是洒了法
国香水吧，差点儿把我熏晕过去。"

蚂蚁见苍蝇炫耀个没完，就说：

"你这种权力大是大，只是总像老
鼠过街一样，人人喊打。"

炫耀是一种无知的表现，也是一种让人反感的行为。

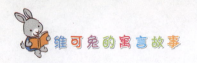

许金不酬

有一个商人在渡河的时候，乘坐的船突然翻了，慌乱之中他抓住浮在水面上的枯木大喊救命。一个打鱼的人看见了，就驾着船去救他。

"我是这一带的大富翁，你把我救起来，我用一百两金子来酬谢你。"商人大声呼叫。

于是，打鱼的人就把他救上了岸。但商人上岸后就反悔了，心想，他只不过伸了伸手，就给他这么多钱吗？所以只给了渔夫十两金子。

"你答应酬谢我一百两金子，现在却只给十两，你怎么能因为几十两金子就毁弃了自己的信义呢？"打鱼的人说。

"像你这样打鱼的人，打一天鱼能得多少钱呢？你现在一下就得了十两金子为什么还不知足？"商人生气地说。

打鱼的人见商人如此说话，便一声不吭地走了。

过了一些日子，这个商人又从此河顺流而下，船碰到石头上沉了，恰好这个打鱼的人又在场。人们对他说：

"为什么不去救救那个商人呢？"

打鱼的回答道：

"他是一个口里许诺给酬金，但实际上却是见利忘义不讲信用的人。"

说完便袖手旁观。周围的人听他这么一说，便再没有人去救商人了。就这样，商人被河水吞噬了。

答应别人的事就要努力做到，这样才会赢得他人的尊重。

老鼠与狗

　　一群老鼠爬上桌子准备偷肉吃，却惊动了睡在桌边的狗。老鼠们同狗商量，说：

　　"你要是不声张，我们可以弄几块肉给你，咱们一起共享美味。"

　　狗严辞拒绝了老鼠们的建议：

　　"都给我滚，如果主人发现肉少了，一定怀疑是我偷吃的，到时候我就是百口莫辩了！你们再不走我就不客气了！"

小偷和看家狗

一个农夫养了一条狗。每天农夫都会带着小狗到田里工作,夜里小狗就负责替主人看门,以防歹徒闯进家里。农夫一家对这条狗十分友善,所以狗也很尽责地替主人看门。

一天晚上,农夫和家人早已经熟睡,只留下那条狗守在门外。这时候,一个小偷蹑手蹑脚地走近农夫的家,然后翻过围墙,跳进庭院。狗看见有个黑影闪过,猜想肯定有人闯进来了,于是大声叫起来。

小偷看到狗一直叫个不停,生怕这条狗坏了自己偷东西的计划,就从口袋中拿出一块面包丢到狗的面前,然后轻轻地对狗说:

"嘘!别再叫了,这块面包给你。"

狗轻蔑地看了小偷一眼说:

"你的企图我还会不清楚吗?你给我面包的目的就是希望我别把主人惊醒,好让你顺利偷走主人的财物。如果你偷走主人的所有财物,那么我就会因此受到牵连,遭到主人的责罚,没有好日子过;或者你将他们一家人都杀了,那

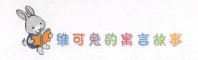

么，这块面包可能就是我最后的食物，我再也无法活下去。如果你真的好心，因为担心我肚子饿而给我面包吃，以此让我心生感动，那你就错了！我不会为了一块面包而忘记自己的任务。我就是要把主人叫醒，告诉他们有陌生人来侵犯。我不能只顾着眼前的利益，而不替将来打算……"

小偷看到狗狂吠不已，只好放弃计划，飞快地逃跑了。

宽厚的鲁人

古时候，鲁国有个人，心地宽厚，几乎没见他对别人发过怒。有人撞了他，他反而去问别人有事没有；有人占了他的便宜，他一笑了之。他的宽以待人的声名很快就远播到了四方。临村有个人不信，便跑到他家，当着众人的面唾他的脸。他擦去唾沫，对那人说：

"你是来考验我的，谢谢，你给了我自我磨炼的机会。"

那人哭笑不得地走了。

神知道了，便化装成一个老头儿，趁这个鲁人躺在外面乘凉的时候尿了他一身。鲁人连忙站起来，问："老人家，你病了，我带你去看医生！"神感叹着走了。

人要学会宽容，才能得到快乐和别人的尊敬。

后来，这个鲁人被推举为乡民的头领，使这一带民风大变，人人路不拾遗，家家夜不闭户，一派祥和的景象。

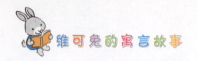

默默的马

　　有个商人买了好些货物要连夜赶路回家。他把这些货物分两半放在驴子和马身上。

　　驴子走在路上，看见马身上驮的货与自己身上驮的一样，心里很不舒服，叽哩咕噜地发牢骚。

　　驴子说：

　　"马那家伙就会偷懒，好家伙，吃东西，比我多一倍，驮的

东西却和我一样多！"

马听到驴子的抱怨，并没作声，只是默默地赶路。

走着走着，商人觉得驴子不行了。商人从驴背上取一些货物放在马身上。又走了一段，驴走得还是很吃力，商人又从驴子身上取下一些货物转移到马身上。到走山路的时候，商人把驴子身上的所有货物全转移到马身上了。

这时马回过头，小声对驴子说：

"我吃的东西比你多，驮的东西也比你多吧！"

驴子这才感到不好意思，忙说：

"大哥，对不起，我不应该只看到你一部分表现就急忙下结论。"

不要只看到事物的表面就轻易下结论。

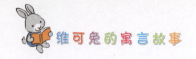

鹦鹉与猫

　　花鸟市场有只鹦鹉很聪明,每次只要有人教它几句话,它都能模仿得很像,吸引了很多的顾客。于是,一个商人把它买回来放在窗台上。

　　每当鹦鹉学着商人的嗓音说话时,商人都会哈哈大笑。可是商人家里养的一只猫,却不喜欢鹦鹉这种喋喋不休地学舌。于是,猫对鹦鹉说:

　　"喂,你是从什么地方来的?"

　　鹦鹉回答说:

　　"是主人从集市上买回来的。"

　　猫说:

　　"难怪你这么无礼,你还不懂规矩吧!这家主人是不允许我们像你这样乱叫的。如果我要是像你这样叫,主人早就把我赶走了,所以,奉劝你,以后别乱嚷嚷个没完。"

　　鹦鹉听了猫的这番讲话,回答说:

　　"谢谢你的提醒,我们每个人的职责是不一样的,主人就是看上了我这一点才把我买回来的。"

没处躲的老狼

老狼被猎人和猎狗追得四处逃窜。狼拼命跑，从森林里跑出来，最后跑到了村子里。可是村子里家家都把门关得紧紧的。狼看见一只猫蹲在墙上，便向猫恳求道：

"我说亲爱的小猫咪，现在后面的猎人和猎狗追杀我，你能告诉我，谁家的主人最善良，可以让我躲一下吗，我一定重谢你。"

小猫看着老狼喘着大气，一副可怜样儿，就说：

"你可以到村头第一家试试，那是最善良的人家。"

狼一听，忙摇头说：

"噢！不行，不行。去年春天我偷过村头第一户人家里的一只羊。"

猫又说：

"那就去敲村头第

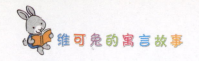

二家的门,那家主人心肠软,没准儿会给你开门。"

老狼一听,又连连摇头说:

"噢!不行,不行。去年夏天,我逮过他家的四只老母鸡,那家主人在后面追我好长一段路哩。"

猫又接着说:

"那你接着敲下一家试试。"

老狼还是摇头:

"更不行,上周他家的小牛被我偷吃了。"

猫无奈地摇摇头说:

"我说狼先生,你怎么平时尽干缺德事呢?这下好了,在紧急关头谁也不会救你的!"

掉进陷阱里的大灰狼

一只大灰狼掉进猎人布下的陷阱里。山鸡、猴子、松鼠发现了它,于是,狼就向它们求救。

三个伙伴看大灰狼一脸可怜相,就动手把大灰狼从陷阱里救出来了。大灰狼从陷阱里出来后,却一把按住山鸡,把它吃了。猴子和松鼠吓得赶紧跑到树上,才躲过了灾难。

大灰狼吃完山鸡大摇大摆地走了,猴子和松鼠非常生气,就商量出一个给山鸡报仇的办法。

松鼠找到大灰狼,对它说:

"大灰狼,你太不道德了。我们救了你,你却吃了山鸡。现在猴子由于害怕,都给吓死了。你是个可恶的坏蛋。"

大灰狼听完松鼠的话,不仅没有恼,反而乐了,心想:一只山鸡只够塞牙缝,一只猴子,可够猛吃一顿呢。

想到这儿,大灰狼又跑了回去。只见猴子躺在地上一动不动,大灰狼猛地冲了过去,结果一下子掉进了猴子用树枝和浮土盖住的陷阱里。猴子和松鼠边堵洞口边说:"灰狼先生,你就乖乖地在里面睡觉吧。"

害人害己的狼

狮子大王病了,不过只是小感冒而已。各种野兽生怕狮子大王怪罪,有的也想借此机会好好和狮子大王套套近乎。

于是它们纷纷开始行动了,除了送些珍贵药材外,还假模假样地"焦急万分"地询问狮王的病情。狮王对下属表现出来的关心很满意。狮王看了看前来看望自己的动物,突然发现最聪明的狐狸没有来。

狮王非常生气,问这是为什么。

狼站在前面说:

"这是狐狸蔑视狮王的表现。狐狸自以为聪明,从不把大王您放在眼里。"

狮王听到这话,大怒,立即派手下到狐狸的住处,放烟将狐狸熏出山洞,并把它带到狮王的床前。

狐狸知道这是狼存心使的坏,便对狮王说:

"我一听说大王病了,心里着急万分。我听说远方一座山上住着一些非常有学问懂医道的人就长途跋涉去那儿,向他们请教治好您病的法子。他们说您需要温暖，最好穿上一件活剥下来的狼皮做睡衣，您的病就会很快好起来的。"

　　狮王很为狐狸的忠诚感动，接受了狐狸的建议，当天，就下令把狼皮活剥下来，做成睡衣穿上了。

　　可怜狼只能搬起石头砸了自己的脚。

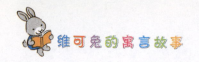
老虎和牛虻

有一天，老虎觅食时遇到一只牛虻。

"不要在我眼皮底下打扰我觅食，否则我要吃掉你。"老虎生气地喝道。

"嘻嘻，只要你够得着就来吃呀。"牛虻嘲笑地说。

接着，牛虻飞到老虎的鼻子上吸血。老虎用爪子猛抓，不小心把鼻子抓破了。

牛虻又飞到老虎背上，钻进虎皮中吸血。老虎全身都痛起来，它恼怒地用钢鞭一样的尾巴驱赶牛虻。可是，根本无济于事。

牛虻越钻越深，老虎只好躺在地上打滚儿，妄图压死牛虻。

牛虻又引来一大群同伙，群起而攻之。没过多久，自大的老虎便奄奄一息了。

狐狸、狼与老虎

有一只狼一不小心，被猎人埋在路上的夹子夹住了后腿，它费了很大的劲儿才挣脱出来。为此，狼咬断了一颗牙齿。它对狐狸说只有猎人的夹子最可怕。

狐狸听了狼的话，不住地摇头。狐狸说：

"世界上最难忍受的是谎话，谎话可以使最坚强者屈服。"

狼听了狐狸的话直摇头，不相信。

"你不信,就等着瞧吧。"狐狸说。

狐狸从地上捡起一块柿饼走了。狐狸找到老虎,对老虎说:"虎大哥,我有一块好东西送你尝尝。"

说完,狐狸递上柿饼给老虎。老虎吃了,觉得味道不错,问狐狸这是什么东西做成的。狐狸说是狼眼睛里流出的眼泪。老虎很高兴,便跑去找狼,要它再滴出几滴泪来。狼很害怕老虎,老虎要它干什么,它不敢不干。于是,狼滴出几滴泪,老虎尝了,发现根本不是柿饼味儿。老虎大怒,逮住狼说:

"你想欺骗我,没那么容易。"

说完,老虎就要吃狼。狼吓得一口咬住老虎的爪子。老虎一巴掌打过去,狼的一口牙齿全部被打落了。狼拼了老命,才从虎口脱险。

等再次见到狐狸时,狼诚心地说:

"我输了,你说得对,谎话更厉害。猎人的夹子只损害我一颗牙齿,而谎话却要去了我一口的牙齿,并且差点儿把我这条命也搭进去了。"

伐木人与狐狸

一只狐狸慌慌张张地跑到伐木人身边,可怜地说道:"亲爱的朋友,猎人在后面要杀我,请让我到你的小木屋里藏一会儿吧。"在狐狸的再三恳求下,伐木人把狐狸藏在自己的小木屋里,然后,自己又拿起斧子继续伐木。

没一会儿,猎人就出现了,猎人问伐木人是否看见一只狐狸。

伐木人大声地说没看见,可是他的手却在不停地比画着,想告诉猎人狐狸就在小木屋里。但猎人正低头寻找狐狸的踪迹,只听见他说话,却没有看到他的手势。

猎人走后,狐狸从木屋里出来,对伐木人连理都没理就走了。伐木人指责狐狸是个没有良心的家伙。

"你差点儿害了我的命,别以为我不知道,你这种人才没良心。"狐狸说。

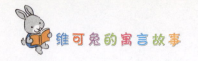

女神和孩子

　　幸运女神每天都很忙碌，人们常常漫不经心地做出许多危险而鲁莽的事情，为了补救他们闯下的大祸，她一直都在不停地转动着命运的轮轴。遗憾的是，不管怎么努力，还是有许多人因为一时失误而丢了财产、名誉，甚至是性命。

　　一天，女神看到了一个在深井边上酣睡的孩子。从旁边经过的人都为她忧心不止，因为，如果她稍稍向井内翻身，就有可能掉进井里淹死了。于是，幸运女神轻轻转动手中的轮轴，孩子很快就从睡梦中醒来，她吓了一大跳，说道："幸亏我醒得及时，要不然我的小命就没了。"

　　幸运女神叹口气说："人啊！都是这样，幸运的事发生了都忘不了自己的英明；要是自己粗心遭受了不幸，就只会把责任推到我身上。"说完，又深深地叹了一口气。

臭玫瑰

从前，有一个姑娘，长得如花似玉，凭着几分姿色，她越来越娇蛮，心眼儿也越来越坏。她不许别人赞美其他任何女子，如果有谁被人夸一声"美姑娘"，她便怀恨在心，非败坏人家的名声不可。

起初，她傲慢地说：

"天仙也比不上我的美貌，我要让世上所有的男子都拜倒在我的石榴裙下！"

谁知一年又一年过去了，竟没有一个男子喜欢和她交朋友。

她万分焦急，便不分昼夜地对着镜子，细心地寻找自己身上究竟哪一点不称人意。她挑剔来挑剔去，连一丝头发也挑不出毛病来。她想：怕是头上少了一朵鲜艳芬芳的花儿吧！于是，她便来到玫瑰园，央求玫瑰仙子给她一朵最美丽的玫瑰花。

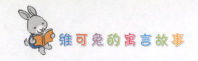
玫瑰仙子真的摘了一朵非常美丽的花给她，姑娘高兴地接了过来，正想往头上戴，突然闻到花中有一股臭味儿，她连忙把花扔掉，掏出香罗帕捂住鼻子。

玫瑰仙子责问她：

"多鲜艳的玫瑰，你怎么把它扔掉了？"

"气味臭的花儿，再鲜艳也没有人愿意戴它！"她一边回答，一边吐着唾沫。

"同样的道理，"玫瑰仙子说道，"心灵丑的美人，再漂亮也没有人愿意和她接近。你现在所需要的是美德，而不是玫瑰呀！"

花没有香气不美，人没有道德不美。

大头高粱

春天，播种时，播种员往耧里倒高粱种子，一颗大粒高粱种子碰到耧帮，便纵身从耧里跳了出来，被人用脚踩在土里。

过了几天，播在地里的高粱还没露头，被人用脚踩在土里的那颗高粱种子，因只有一层浮土，所以抢先破土而出。

当这棵高粱苗儿长了两片叶儿时，全地的高粱才冒出尖尖。它蔑视地说：

"看，我领先了，百亩高粱，哪个能比得上我！我是独立大队，要多么自由，有多么自由。随心所欲，谁也管不了我。"

独苗高粱，因独食独饮，独自生长，所以长得特别快，于是它就骄傲地说：

"我身子比你们高，腰比你们粗，手脚比你们大。看你们，黄黄的脸，细手细脚，得了营养不良症。大家挤在一起，多憋气，动弹不得，真是英雄无用武之地啊！"

夏末秋初，独苗高粱早抽穗，先放花，真是头大花多，百亩高粱，独此一个。

灌浆晒米时，独苗高粱简直飘飘然起来，不可一世地说：

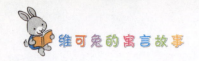
"看，我的头多大，子女也多，常言说母大儿肥，我的孩子们身躯会像玉米粒那样大，滚圆饱满，将来我的后代也会第一批进农作物优良种子展览馆。"

独苗高粱正在想入非非的时候，忽然狂风暴雨大作。大面积的高粱互相支撑，同心协力抗御风雨。它们一起一伏，顽强拼搏。风雨过后，大家都安然无事，依然昂首挺胸。

独苗高粱哪儿有抵御的能力？顷刻之间，便折断了腰，头触地了。

离开了集体，即使有天大的本领，也将一事无成。闹独立的人，往往是自取灭亡。

麻雀的借口

秋天,庄稼成熟的时候,麻雀飞到麦田里偷吃麦粒儿。燕子看不下去,就劝告它说:

"麻雀,你要知道,偷吃别人的劳动果实是个坏毛病,再不改掉,会闯大祸的啊!"

"没那么严重!"麻雀笑嘻嘻地为自己辩护说,"吃几颗小麦粒儿值得这么大惊小怪吗?你别给我念经了!"

麻雀越发大胆放肆。麦子登场后,它飞到晒场上去;麦子入库了,它又闯进粮仓里来,毫无顾忌地啄吃麦子。

不久,人们在粮仓里设置了罗网,麻雀立刻被抓住了。

谁知这时,麻雀还是拼命挣扎着叫屈:

"我没有偷金,没有偷银,只是吃几颗小麦粒儿,贪点儿小便宜……"

"你太可悲了!"燕子冷冷地说道,"你总是用'小事'当借口,为自己开脱,要知道大祸往往是由小事酿成的啊。"

站岗的大雁

　　一群大雁飞行一天后,选择了一个夜宿的地点,集体宿营了。跟往常一样,领头雁派好守望的岗哨,才让大家去休息。担任守望工作的大雁,在伙伴们入睡以后,想到白天的长途飞行,再听到伙伴们均匀的呼吸,顿时感到无比疲倦。

　　它默默地想着:明天还有艰苦的旅程呢,这时候要是能甜美地睡上一觉该多好啊。可是它知道自己

的职责，便强忍着疲倦，没有入睡。

夜已经很深了，周围一片寂静，这种寂静更让大雁在困倦时产生了一点儿小哀怨。

终于，它撑不住了，就自我安慰道：

"我的任务是保卫大家的安全，不能放心大胆地睡大觉。但是，打一会儿盹儿总是可以的，不见得刚巧就在这时出事情吧？"

于是，它浑浑噩噩地打起盹儿来了。

可是它闭上眼睛没多大一会儿，就被一阵凄厉的惨叫声惊醒。

原来，猎人袭击了大雁群，它和许多伙伴都成为猎人的俘虏。

集体的纪律要靠每个人来遵守、维护，不要因为个人而影响了整个团队。

91

大雁和鹰

在蓝天上，一群大雁和鹰飞翔着，它们渐渐交上了朋友。鹰常常赞美雁群的团结，赞美大雁的坚忍性格。

一天，鹰受了伤，飞翔很困难，大雁把鹰护送到一个安全的地方，并治好了鹰的伤口。"你们的恩德，我永远铭记，一定会报答你们。"鹰感激地说。

当这群雁从南方飞回的时候，落了难，被关进公园的铁笼子里。

鹰知道后，落在了高高的铁笼子上，对群雁说："朋友们，我一定把你们救出来。"

从此，鹰天天用利嘴啄笼子上的铁丝网，鹰嘴都磨钝了。

"鹰兄弟，别啄了，你怎么能啄断铁丝呢？"大雁说。

"铁丝不断，我怎么能救出你们呢？"鹰严肃地说。

转眼很多天过去了，铁丝终于被鹰嘴啄断了，一只只大雁从笼子里钻出来，飞向了天空。可大雁再也没看见这只鹰。

当雁队在空中飞翔时，发现这只鹰躺在偌大的山岩上，利嘴完全脱落，已停止了呼吸。

老鹰和猫头鹰

老鹰和猫头鹰认识到战争的残忍之后，决定不再互相攻击，一个用鸟中之王的信誉担保，一个则以枭族的誓言承诺。

"你认得我的孩子吗？"猫头鹰问道。

"不。"

"真糟糕！"猫头鹰叹息道，"我很牵挂孩子们的性命，保住它们的命真靠运气了。因为你是百鸟之王，不会把这种小事记在心上，假如你遇到我的孩子，而又不认识它们，那它们的小命一准送掉。"

"你把它们的样子讲给我听听，"老鹰提议说，"要不然指给我瞅瞅也行。我向你保证，我不会伤害你的孩子。"

猫头鹰以未来母亲的身份自豪地说道："我的小东西长得娇小动人，漂亮可爱，它们有着迷人的眼睛和动人的歌喉。单说这些特点你就能轻易地辨认清楚了。请记好了，千万别忘掉啊。"

没多久，上帝把孩子赐给了猫头鹰。有天傍晚，猫头鹰离家外出给孩子寻食，老鹰正巧看到一座塌了的房子的洞中，有几个长得怪模怪样的小东西。它们面目丑陋，神态阴郁，就连发出的叫声也阴森森的。老鹰见状说："这肯定不会是我朋友的孩子，用它们做晚餐吧！"鹰干这种事从来都是干净利索的。

不一会儿，猫头鹰回家了，天啊，它看见自己的心肝儿不知被谁吃掉了，伤心得昏了过去。它哭诉给大家听，并向神哀告，祈求严惩丧心病狂的强盗。

这时，有街坊对它讲："你还是反省反省自己吧。你总是觉得自己的孩子漂亮可爱，比别人家的好并在老鹰面前把它们夸耀得像朵花。而事实并不是这样，那只是你自以为是罢了。"

醉醺醺的木桶

子鉴家里有一只崭新的大木桶，又高又整洁。子鉴用这只木桶在小溪边打满水挑回家，水清得能照见影子，还带有一股淡淡的木头的清香。

邻居们知道后都来借木桶，子鉴很乐意，并以此为荣。

一次，一位卖酒的商人来借木桶。这个商人是子鉴的好朋友，讲好了要用三天。子鉴笑着让他拿走了木桶。

三天之后，木桶被还了回来。可是当子鉴用它去运水时，却发现木桶里酒味儿熏天！原来，商人朋友用这只木桶去装酒，酒已经把桶壁浸透。只要打开桶盖，就有浓烈的酒味儿。

这下可糟透了，子鉴用这只桶运水，结果水里有酒味儿；用它装面粉，做出来的面包熏人鼻子；用它盛大米，焖饭时满条街都是酒气，惹得酒鬼们闹着要来打酒喝。

子鉴只好用开水烫，用风吹，用火烤，但都无济于事。

"桶就跟人一样啊，只要沾上了坏毛病，就算是完蛋了！"子鉴叹着气说，说完，他把这只醉醺醺的木桶丢进了垃圾堆。

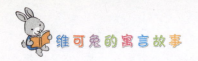

失礼的老鼠

在一个炎热的夏天，有只老虎被热得没有一点儿力气，迷迷糊糊地躺在自己的洞里睡着了。

有一只老鼠从它的身上跑过，吵醒了老虎，老虎生气地站起来，检查洞里的每一个角落，发誓要将那只该死的老鼠抓住，碎尸万段。

狐狸从老虎的洞旁经过，见老虎正在洞里咆哮，便问道："尊敬的大王，是谁惹你生气了？"

"老鼠，是一只该死的老鼠！"老虎说。

"大王，你是凶猛异常的百兽之王，难道还怕一只小老鼠吗？"狐狸说。

"我不是怕它，我是恨它那种目中无人的态度。"老虎愤怒地说。

落入网中的狮子

一只小老鼠低三下四地来拜见狮子，要求得到狮子的保护，并要求与狮子住在一起，一同活动。

老鼠说：

"狮子大王呀，您是最有威力的、最强壮的百兽之王，我只有靠着您，才觉得是最安全的。当然啦，我跟着您，也要为您效劳，只要有用得着我的地方，您只管吩咐，我一定赴汤蹈火，在所不惜。"

狮子却不买老鼠的账，大声吼着：

"你这个胆大的家伙，真是太狂妄了，居然想要和我平起平坐，你就别痴心妄想了，再不快点儿走开，小心我吃了你。"

老鼠一听这话，吓得一溜烟逃命去了。

此事没过多久，狮子外出散步时，不小心落入了猎人布下的罗网

中。狮子虽然力量大，但还是没法挣脱罗网的束缚。就在狮子还在试图撑开罗网时，猎人来了，他把狮子捆起来，关进了笼子里。

狮子这时好伤心好后悔啊！因为它想到了老鼠。狮子想，要是这个时候老鼠能在自己身边该有多好呀，老鼠那锋利的牙齿，一定能咬断这些绳索。真后悔当初不该赶走了小老鼠，现在只有等死了。

衰老的狮子

有一只狮子，曾经是森林中最厉害的动物。可是，随着岁月的流逝，狮子逐渐衰老了，甚至衰老得走不动路了。每当想到以往的威风，狮子就会泪流满面。

最使狮子难以忍受的是，它以前的那些臣民现在对它极为不恭敬，有些竟然还欺负它、侮辱它。

前几天，马经过这里时，恶狠狠地对狮子说：

"你这个老混蛋，也有哀鸣的时候。有一次，我差点儿被你抓住。"说罢，马踢了狮子一脚。

没过一会儿，老狼又走到狮子的面前，对它说："老朋友，你还能抖起威风来吗？"说罢，狼咬了狮子一口。

狮子气得浑身发抖，但由于疾病缠身，威风不再，只好对着青天长叹不已。最使狮子不能忍受的是，昨天驴子竟然敢在它的面前啐了它一口，并且咒骂了好几声。

狮子仰起头，对着青天大声说：

"老天爷啊，难道你真要我受这报应吗？以前谁敢欺负我啊，只有我欺负别人的份儿，现在真是罪有应得吗？"

母熊与小熊

一天，小熊和伙伴们玩得不高兴了，就骂了同伴的母亲。小熊的妈妈听了非常生气，但它强压住了愤怒，平静地问小熊：

"儿子，你爱妈妈吗？"

"世上只有妈妈好，我最爱妈妈！"小熊回答说。

"如果有人骂妈妈，你该怎么办？"母亲接着问。

"我就帮妈妈去骂他！"小熊回答说。

"儿子，如果你骂别人的妈妈，别人肯定会骂我，妈妈可不想因为你而挨骂呀！"母亲拍了拍小熊的头，严肃地说。

接着母亲继续对它说：

"儿子，你知道吗？你骂别人的妈妈也就等于是在骂自己的妈妈。你要是真爱妈妈，不让妈妈挨骂，只能做到不骂别人。你明白吗？"

"妈妈，我保证以后再不骂人了！"小熊想了想说。

猩猩鼓掌

在动物王国的体育大赛上，狗熊获得了摔跤冠军，猴子获得了攀登冠军，小鹿获得了跳远冠军。在猩猩与野猪的赛跑比赛中，猩猩跑到中间便败下阵来，但它却毫无怨言地为跑到终点的野猪热烈鼓掌。比赛结束，猩猩获得了最佳荣誉奖。

"当大家都在为家族成员的好成绩高兴时，唯有猩猩不忘记为别人喝彩，值得我们学习。"狮子大王语重心长地说。

为自己喝彩是一种本能，而为别人喝彩则是一种美德、一种胸怀。

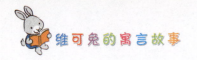

驴和马

　　驴子弄不清马的声誉何以如此之高，人们几乎一谈起马来便赞不绝口，那种油然而起的敬慕之心，使得驴子羡慕万分。驴子也想像马一样受人敬重。

　　于是驴子跑去找马，激动地表达了自己的心愿，恳切地央求马帮助它实现愿望。

　　"你先同我一道驾车吧。"马沉吟半晌，说道。

　　驴子欣然接受了。

　　可是当驴子看到四轮大车上堆满了山一样高的货物，又听见赶车人把皮鞭甩得"噼啪"直响，便吓得浑身发抖，慌忙向马告辞了。

　　"你刚才态度坚决，转眼心灰意

懒，这到底是怎么回事？"马问。

"我看出来了，你的声誉原来是以极大的痛苦换取的。"驴子回答道。

马听了驴子的话，长嘶一声，然后很严肃地告诉它说：

"朋友，我奉劝你：首先要能做到吃苦耐劳，然后才会受人敬重。"

俗话说："吃得苦中苦，方为人上人。"要想出人头地，首先要学会吃苦耐劳。

龟兔赛跑之后

兔子和乌龟比赛失败后，几天都不肯出门，它一直在家反思自己为什么就输掉了。后来，它终于想明白了。从那以后，兔子变得谦虚起来了。

有一天，兔子又遇到乌龟，乌龟开始嘲笑兔子道：

"长跑专家，怎么就输给我了。"

"那是因为我太骄傲了，我虽然跑得快，但要论耐力却不如你。"兔子说。

"那你还敢不敢和我比赛呢？"乌龟仰着头问。

"你有那么好的耐力，要是再比赛，恐怕我还是会输的。"兔子谦虚地说。

这回轮到乌龟骄傲了，非要和兔子再比一场，兔子很无奈，但还是答应了乌龟的要求。

在比赛中，兔子再也没犯上次的错误，一鼓作气跑到了终点。等乌龟到达终点时，兔子还热情地上前对乌龟说：

"你的耐力比我好，如果要进行长距离比赛，恐怕我就不是你的对手了。"

听了兔子的话，乌龟羞愧地低下了头。

获得成功时，要谦虚谨慎，不骄不躁。

放牛人与牛

　　山上，放牛人想把离队的牛赶回牛群，他吹起了号角，可那头牛依旧在远处埋头吃草。他又一次吹起号角，可那头牛仍然不理他。

　　放牛人一怒之下，扔过去一块石头，却没想到用力过猛，一下把牛的一只角打断了。

　　"我求求你，回去后千万别对主人说，是我打断了你的一只角。"放牛人跑过去哀求牛说。

　　"唉，你这愚蠢的家伙，就算我不说，事实摆在那里，主人也是会知道的。"牛回答说。

两只打架的公鸡

两只公鸡为了争夺一块地盘开始大打出手，其中一只非常凶猛，几个回合下来，就把另一只公鸡打得落花流水，鸡冠都被啄破了，身上的羽毛也散了一地。

被打败的公鸡自愿服输，败下阵来，找到一个僻静的地方，梳理凌乱的羽毛。而那只得胜的公鸡把它金黄油亮的尾巴摇来晃去，然后"腾"的一下飞到旁边的高墙上兴奋地大叫："我赢了！我赢了！"

"即使赢了也用不着这样嚣张吧！"被打败的公鸡在一旁自言自语道，"下次我赢了才不会这样骄傲呢！"

"喔！喔！喔！"胜利的公鸡依然在欢快地歌唱，"从此以后这块地方就是我的了！我是这里的霸王！"公鸡在高墙上踱来踱去。突然，一只雄鹰从高空中俯冲下来，一把抓住了骄傲的大公鸡，然后又飞走了。

这样，那只被打败的公鸡顺理成章地占有了这块地方，并自言自语道："还是谦卑一点儿，不要太张扬的好！"

争吵和谦让

蝈蝈山上，有一棵桃树，树旁边住着两只小猴，一只叫争争，一只叫吵吵。

秋天，满树的水蜜桃飘起了诱人的香气。

争争要上树摘桃吃，吵吵拦住他，使劲儿地喊：

"不许你摘，让我先吃！"

争争的眼珠子一瞪，嘲讽地说：

"你？你吃桃的牙齿还没长出来哩！"

说完，一下把吵吵推了个大腚蹲儿。争争想上树，吵吵死死地抱住了争争的大腿。两只猴子你拉我拽，我争你吵，闹了两天，谁也没吃上桃子，都饿得躺在山坡上，眼看就要死了。

这时，有一只大象路过，它们向大象求救，求它拿桃子给自己吃。

大象慢声慢语地说：

只有互相谦让、团结一致，才能解决问题。

"要想吃桃子你们必须按我的办法做！"

争争和吵吵一起问：

"什么办法？"

大象看了看它们说：

"你们要想吃上桃子必须互相谦让，一个一个地上树去摘，那样你们就都可以吃上桃子了！"

按照大象的办法，争争和吵吵果然都吃上了香甜的桃子。

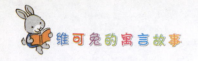

皇帝吃柠檬

古时候，有个皇帝带了几位大臣微服出游。一天，他们来到一个果实累累的柠檬园。皇帝连做梦也未曾见过柠檬，只道是橘子，顿时龙颜大悦，立即伸手摘下一个，剥开就往口里塞。谁知一咬，酸得他直打哆嗦。一位大臣见了，连忙上前奏道：

"陛下，这不是橘子，是柠檬，酸得要命呢，吃不得呀！"

皇帝一听，又羞又恼。他本想将这个胆敢直言犯上的大臣处死，但为了不失真龙天子的尊严，便撒了个弥天大谎：

"寡人受命于天，贵为天子，难道真的连柠檬也不认识吗？柠檬嘛，对你等臣民来说，当然是酸的，而且酸得要命。可它一到寡人嘴里就马上变成甜的啦，比蜜还要甜哩。寡人是皇上呀，皇上是非常神圣的，懂吗？"

皇帝说罢，皱着眉，耸着肩，又把那个柠檬塞进嘴里，闭起两眼咬了几下,就死命地往下咽……

"甜……甜呀,比蜜……蜜还要甜……甜十倍!"皇帝酸得直翻白眼,半晌才能说出话。

大臣们眼睁睁地看着皇帝的滑稽表演,想笑又不敢笑,直到皇帝说话了,他们才高声赞颂道:

"皇上神圣,皇上神圣!"

"嘻嘻,这几头蠢猪,果真被寡人骗住啦!"皇帝心里暗暗高兴,差点儿忍不住笑出声来。

这个自命为"神圣"的皇帝,以为别人都上了他的当,殊不知,他是在自己骗自己呢!

做个实事求是的人,不要欺骗他人,因为欺骗别人的同时也在欺骗自己。

盆里的螃蟹

有一群螃蟹，被人抓住放到一个大盆子里。盆子很浅，而且没有盖盖子，所以很容易逃生。但是，每当一只螃蟹想要爬出这个牢笼、重回自然的时候，其他的螃蟹就一起把它拉回到盆子里。

这些螃蟹异口同声地说：

"我们都困在这里，不能让你一个人出去享受！"

就这样，不管哪只螃蟹想往外爬，都会被拉回来。这些螃蟹在盆子里困了一天，有的螃蟹坚持不住了，渐渐断了气，两天后，所有的螃蟹都死光了。

渔夫晃了晃盆子，得意洋洋地对渔妇说：

"你看，都死光了吧。我早就说过，盆子再浅也没有关系，螃蟹们致命的弱点就是嫉妒啊。"

落水的猴子

喜欢猴子的希腊人外出远航时，总是带上猴子一块儿走。希腊人认为猴子是聪明的动物，还可以在船上变各种戏法取乐大家。

一艘这样的船在航行中遇到了风浪，船被风浪打沉了，全船的水手和乘客都落水了，当然，也包括那只猴子。

113

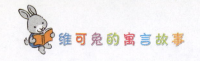

巧的是沉船附近有海豚经过,海豚一看有人落水,就赶紧游上前营救。猴子获得了第一个机会。猴子爬到海豚背上,指挥海豚向海岸游去,那口气好像猴子雇了海豚似的,海豚与猴子交谈起来。

海豚问:

"你是不是雅典的居民?"

猴子一拍胸脯说:

"当然,我在那里住了好多年。我不仅是好居民,而且还是那里的名人,我认识那里的市长、法官、警察局长,你以后要有什么事,可以找我帮忙。"

海豚接着又问:

"你知道不知道比雷埃弗斯?"

猴子说得十分肯定:

"知道,我跟他们也是很好的朋友。"

海豚一听这话,就知道猴子在撒谎,因为比雷埃弗斯不是人,而是一座海港的港口。

海豚最讨厌说谎的家伙了,于是它狠狠地把猴子扔进水里说:

"找你的好朋友市长帮忙去吧!"

驴与狗

一个农夫赶着驴子走路,狗跟在驴子后面。他们出了村子,来到一片草地上,农夫困了,就找了一块地躺下睡着了。

驴子低着头吃着草,这里的草太嫩太美了,驴子吃得格外起劲儿。

狗在一旁饿得不行,青草又不对自己的胃口。狗就对驴子说:

"驴子大哥,请你弯下腰来。你背上的筐里有面包,我饿极了。"

驴子听见了狗的请求, 可是

它却装着没听见，依旧独自吃草。狗又请求一遍，它这才说：

"亲爱的狗兄弟，看着你饿成这个样子，我心里也很难受，可是要吃的东西，只有等主人醒来以后才能给你，他一会儿就会醒的。"

驴子说完，就再也不理狗的哀求，只顾自己大口大口地享受美食。

这时从远处跑过来一只狼，狼看到驴子在吃草，就迅速冲了上来。驴子一看狼来了，吓得腿也软了，它马上向狗求救，要狗快快过来将饿狼赶走。狗躺在一旁装着没听见。

驴子大声哀求着：

"狗兄弟，你赶快过来帮我一把，狼来了！"

狗扭过头说：

"亲爱的驴子大哥，主人一会儿就醒了，他会对你的安全负责任的，你再多坚持一会儿吧。"

说完这话狗就再也不理驴子了。狼扑上来了，没几下就把驴子的脖子咬得血肉模糊，驴子很快成了狼的晚餐。

高大的驴

以前驴子因为身材太小，难以引人注意，觉得很丢脸，于是，它不断地祷告，要求上帝让它长得更加魁梧些。

驴子在祷告时说：

"亲爱的上帝，我的生活太可怜了，不能容忍啊！豹子、狮子、大象，个个生得魁梧，为什么对待驴子就这么冷酷呢？如果你能让我有牛犊一般大的身材，我就能使狮子、豹子不再骄傲，动物世界也不会忘记我了。"

驴子每天这样祷告，终于使上帝觉得厌烦，只好答应了它的请求。

于是，驴子变成了牲口中的大个儿了，而且还有一副怪声怪气的嗓门儿，谁听见驴子的叫声，都会浑身起鸡皮疙瘩。

没过多久，驴子的事就成了笑柄，所有的动物都开始嘲笑它，连小老鼠都敢看不起它。人们更是欺负它，让它整天磨面或者背负很重的东西，它稍有偷懒就会遭受人类鞭子恶狠狠的抽打。驴子这才懂得了要知足，可是为时已晚。

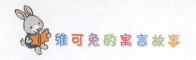

 空壳的蝉

"知了，知了……"

蝉一天到晚在树上高声嚷着。

螳螂听了，心想蝉一定是知识渊博的学者，就要拜它为老师。螳螂爬上树来，恭敬地向蝉拱手施礼道：

"老师满肚子学问……"

"当然啦，"蝉挺着大肚子，抢着说，"你看我的肚子，如果不是塞满知识，怎么会这么大呢？！"

"老师满肚子的学问，学生慕名前来求教，请老师受学

生一拜！"

螳螂说着，又虔诚地拱手行起礼来。

"去，去！"蝉挥了挥手，转过身去，冷冷地说：

"知识嘛，是无价之宝，我怎能给你呀！"

螳螂见蝉不肯赐教，便乘它不备，张开两只锯齿爪，扑上前将蝉捉住，想掏走它肚子里的知识。谁知挖开一看，蝉的肚子只是个空壳子，螳螂不禁哑然失笑，叹道：

"说大话的，原来肚子里什么东西也没有！"

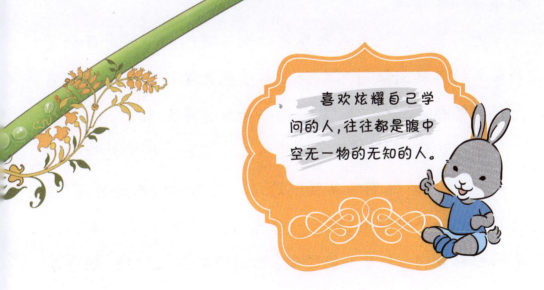

喜欢炫耀自己学问的人，往往都是腹中空无一物的无知的人。

兄弟竞争

父亲是个造车匠,他有两个儿子,他把自己全部的手艺都传给了儿子们。

不久他发现:大儿子车轱辘造得比较好,特别是车轴,手艺是青出于蓝而胜于蓝;小儿子造车身非常有经验和技巧,无论是车身横梁的平衡水准,还是车身的款式都比父亲所造的车身更精巧、美观。

这样,远近各处的车店老板都慕名而来,订购儿子们做的车身和车轱辘。

时间长了,兄弟两人各自心里不满起来。哥哥开始笑话弟弟的车轱辘做得不到位,弟弟也开始指责哥哥的车身做得不够精美,就这样,兄弟两个开始竞争起来了。

细心的父亲很快就发现兄弟二人不和,赶紧把他们叫过来,一边拍着他们的肩膀一边说:"我愿你们都好好想想,虽然你们一个轱辘做得好,一个车身做得好,但是那都只是车的一部分啊,千万不能骄傲,你们只有互相帮助,联合起来,各自发挥长处,才能造出最好的车啊!"

沙漠中的朋友

两个朋友在沙漠中旅行，途中两人为了一件小事而吵起来，其中一个打了另一个一记耳光。被打的人很生气，就在沙子上写下：今天我的好朋友打了我一巴掌。

他们继续往前走，来到了一片绿洲，停下来饮水和洗澡。在河边，那个被打的人差点儿被水淹死，幸好被朋友救起了。

被救起之后，他拿了一把小剑在石头上刻下：今天我的好朋友救了我一命。

"为什么我打你之后，你要写在沙子上，而现在要刻在石头上呢？"他的朋友问道。

"被朋友伤害时要写在易忘的地方，风会抹去它；如果受到朋友帮助就要把它刻在心里深处，那里任何风都不能磨灭它。"他笑着说。

十块纱布

一个年轻的护士第一次担任责任护士，如果此次手术后，她被医生评定合格，那么，她将获得合格的护士证书。手术接近尾声时，主刀的外科专家即将缝合患者的伤口，女护士突然严肃地说：

"大夫，我们用了十块纱布，您只取出了九块。"

"不可能，我都取出来了。"专家说。

"我记得很清楚，手术中我们用了十块纱布。"女护士说。

"我是医生，我有权决定缝合伤口！"外科专家不耐烦地说。

"正因为您是医生，就更不能这样做，况且我们都要对患者负责。"女护士毫不退让地说。

"你是正确的，你是一个合格的护士。"外科专家举起右手手心里的第十块纱布，笑着说。

最重要的

有个热爱数学的孩子,每次考试,总是得 100 分。他暗自下定决心:长大一定要当科学家。然而,科学家又该具备什么条件呢?

一天,他怀着激动的心情,给一位大名鼎鼎的老科学家写了封信,向他提出这个问题。不久,老科学家热情地回信给他,并约他在科学院里碰头。

见面后,那位科学家拿出一张试卷,让孩子答题。

孩子紧张地接过试卷,展开一看,只见洁白的大纸上写着:"1+1=? "

孩子疑惑地看看试卷,又看看老科学家。他左思右想,迟迟不敢动笔。

这时,老科学家和蔼地说:"孩子,为什么不写呢? 如果一加一分明是等于二,那么,无论在什么情况下,都要坚持真理。记住,这就是科学家最重要的品质!"

农夫与斧子

有个农夫造屋子。他用斧子砍一根木头时，觉得斧头不好用，就把斧头扔到了一边，并大声骂道：

"你这铁疙瘩真没有什么用，也只能当锤子砸一砸木柱子而已。我的手艺是最好的，我什么活儿都能干，造这座屋子，我不用你，用小刀也照样能行，你没什么了不起。"

农夫把自己的过失全推给斧头了。

斧头躺在草丛中说：

"我只是件工具而已，你要我怎么干，我就怎么干，你怎能把自己犯的错误怪罪到我头上呢？你不用我，不把我的刀口磨得锋利，我就会变钝。不过，造屋子，你可以不用斧头，但你用小刀就真的可以吗？小刀如果不锋利了，你又得把小刀扔了，怎么就不能在自己身上找找原因呢？"

农夫听后，就把斧子拿去磨了磨，斧子果真好用多了。

 没有良心的小树

一个老农种了一棵小树。他看见小树太嫩弱，就找了一根小木棍支在旁边，以免小树被田野里刮来的风刮倒；同时，为了防止小狗小猫们来捣乱，在小树的周围还竖起了一排篱笆。小树在主人的精心照料下，茁壮地成长起来。

过了一些日子，小树长大了，自尊心也增强了，它觉得身边立着一根细弱老旧的木棍实在不体面，太影响它的形象了。小树对小木棍说：

"你看你身上那脏兮兮的样子，还不离我远点儿！"

小木棍没有作声，待在那儿一动也不动。

小树又转过身对篱笆大声斥责道：

"喂，你身上也臭烘烘的，整天围着我转，也不嫌别人讨厌你？"

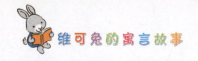

　　篱笆也不作声,默默地待在原地。小树生气了,不耐烦地使劲儿舞动着头顶上的枝条。

　　这时候,正好一只小蚂蚁经过小树身边,听见了小树的种种抱怨。

　　小蚂蚁说:

　　"小树呀,你真是生在福中不知福,你难道不知道自己是靠小木棍撑着才立住了脚跟,是靠着篱笆保护才免受小猫小狗的折腾吗?它们保护了你,你却斥责它们,真没良心。没有它们的无私奉献恐怕你早就被西北风刮上天了,或者被小猫小狗糟蹋得蓬头垢面了,那样,你还会有今天这么风光吗?"

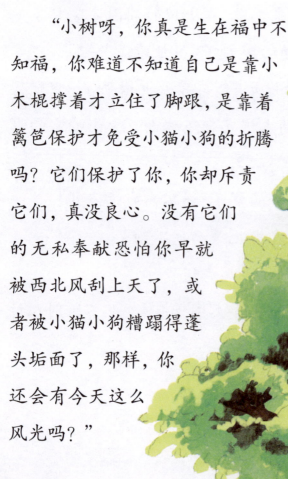

农夫与贝壳

有个农夫，一看到邻居地里庄稼长得好，心里就难受；看到邻居家牛羊长得肥，心里也难受。为此，他常常跑到旷野里向天神祷告，希望灾祸降临到邻居家。

一天夜里，农夫正在野地里祈求时，一个女妖拿着一个贝壳对农夫说："拿着吧！它可以实现你的愿望，但是必须记住：你损失什么，你的邻居也会损失什么，而且千万不要摔碎贝壳，否则，你邻居过去损失的东西会全部回来。"

女妖走后，农夫对着贝壳说要庄稼全绝收，果真灵验了。农夫觉得很满意。可是当他看见邻居赶着牛羊外出做买卖时，恨得咬牙切齿，说要牲畜全死光。他的诅咒再次灵验。

几次后，农夫已经一贫如洗。但当他看到邻居背着渔网下海打鱼时，他再也忍受不住，大叫着要去死。可是，农夫死了，他的邻居却没死。因为女妖没有料到世人还有这么可怕的妒忌心理，所以，在贝壳里没有放上这个恶念。不仅如此，农夫手里的贝壳在他倒地时也摔碎了，邻居家以前损失的东西又全返回来了。

不肯离开金笼子的黄莺

从前，有个富翁用吃剩下的半个馒头，从一个穷孩子手里换来一只黄莺。

"难道我的身份连一个馒头也抵不上吗？我受不了这种侮辱！"黄莺伤心地哭着。不过，当富翁将它关进一个金鸟笼的时候，它感到万分荣幸，自以为它价值千金，立即得意地唱了起来。

不久，富翁决定将黄莺放生。黄莺哀求主人将它留下。

"世上最宝贵的是自由呀，你为什么不愿意离开鸟笼？"富翁惊讶地问。

"一旦离开这里，我又会变为一只仅值半个吃剩下的馒头的可怜鸟儿啦！"黄莺答道，"这种价值我可不稀罕呢！"主人看着这只爱慕虚荣的鸟，只能无奈地摇摇头。

金翅鸟为什么那样美丽

一次，野火烧山，黑烟冲天。凤凰带领百鸟前去救火，远远地看见一只白色羽毛的无名鸟，首先冲向烈火；而树下的刺猬，却慌慌张张地往洞里钻，急着逃命。

渐渐地，无名鸟体力不支，跌落在地上，被大火吞噬。

山火扑灭后，凤凰从身上拔下几根金色的羽毛，说："谁能把无名鸟和刺猬的生死情况弄清楚，这羽毛就给谁。"

乌鸦抢着飞下去，回来报告说无名鸟死了，刺猬活着。但喜鹊冒着浓烟，前去把无名鸟埋葬了，它认为无名鸟还活着，刺猬早已死了。

于是，凤凰把金色的羽毛给了喜鹊。这让乌鸦很不解。

凤凰看着百鸟，说："大伙儿应该知道，无名鸟为集体利益而死，虽死犹生；刺猬为个人利益而生，虽生犹死。"

凤凰话音刚落，只见一只新生的无名鸟从坟墓里飞向天空。喜鹊把金光灿烂的羽毛送给它，从此，无名鸟比以往更加美丽，人们就叫它金翅鸟。直到今天，金翅鸟还深受人们的喜爱。而刺猬却因羞愧，从此只在夜间出来找点儿吃的。

大债主与小债主

　　很久以前，有一个人欠了另一个人 100 两银子。当债主来讨债的时候，这个人根本偿还不起，钱也没有，物也没有。于是这个大债主就要求欠债人把他和他的妻子儿女，以及家产全都卖了还清自己的债。

　　"请宽容我吧！我对天发誓，欠的债我将来一定会想办法还清，宽容宽容我吧，我决不会赖账的。"欠债人哀求说。

　　大债主看他那副可怜巴巴的样子，就动了仁慈之心，把他放了，并且免了他所欠的一切债务。

　　那欠债人来到街上，突然遇见了他的一个同伴。这个同伴以前欠他 10 两银子，他是个小债主。他一见欠钱的人，立即上前掐住他的喉咙，吼叫着：

　　"快把你欠我的 10 两银子还给我。"

　　"请宽容我吧，将来我一定如数还清欠你的银子，一分也不会少。"他的同伴伏在地上央求他。

　　可是这个小债主一点儿也不答应，他忘记了那个大债主刚才宽容了他，竟不顾一切地把这位欠账的同伴送到监狱里，一直到还清了债，才放过他。

小债主的同伴和周围的人都看不惯他的所作所为，对他的行为很气愤，亲朋们也对此很担忧。后来，有人把这件事告诉了那个大债主。于是，那个大债主就把这人叫到跟前，对他说：

"你这可恶的家伙，你哀求我的时候，我宽容了你，把你所欠的债务全部都免了；可你为什么不能像我怜恤你一样，怜恤你的同伴呢？"

这位大债主气愤极了，就把小债主送到监狱里，等到他还清了所欠的债务后才放他出来。

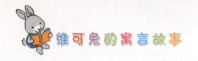

改错的乌鸦

有只小乌鸦平日总是很快乐地在树林里飞来飞去，一点儿忧愁也没有。但是有一天，小乌鸦病了，没精打采地耷拉着头，躺在巢里不停地呻吟着。他的爸爸妈妈非常着急，却没有一点儿办法。

小乌鸦哭丧着脸对爸爸妈妈说：

"爸爸妈妈，你们赶快到神庙里为我求神显灵吧，只有这样，才能将我从病魔的折磨中解救出来。"

小乌鸦的爸爸妈妈听了孩子这番话，神情更加沮丧。

小乌鸦看到爸爸妈妈难为情的样子，问道：

"爸爸妈妈，你们为什么不去求神来帮助我呢？"

小乌鸦的爸爸妈妈只好实话实说：

"你总是偷吃众神的祭品，人家怎么会救你呢？"

"都不救我？"小乌鸦问，"如果我改正缺点，以后再也不做这种事，那神会原谅我吗？"

"要是你真的改正缺点，众神当然会原谅你了，爸爸妈妈也会很开心的。"他的爸爸妈妈欣慰地回答。

戴胜鸟和它的孩子

这是一个风和日丽的日子，树林中各种各样的鸟类都从巢中飞了出来，悠闲而快乐。

可是戴胜鸟和它的老伴却飞不出鸟巢了。岁月不饶人，它们的身体早已虚弱不堪了，就连眼睛也看不见了。为了养儿育女，它们的精力已经快要耗尽了。

老戴胜鸟觉得自己的子女都已经能够独立生活，因此无牵无挂，就待在窝里静静地等待死神的降临。

但老戴胜鸟辛辛苦苦养育的那些孩子们是绝不会扔下父母不管的，它们展开了一场拯救双亲的活动。

年轻的戴胜鸟们有的筑起温暖的新居，有的振翅捕捉昆虫，有的飞到树林里去找治病的药。

新房子很快就落成了，它们用体温帮父母温暖着房子，又细心地喂给父母泉水喝，并用嘴梳理老戴胜鸟的羽毛。

终于，这些子女们用自己纯真的爱治好了父母的病，帮助它们恢复了视觉和精力，老戴胜鸟又过上了快乐的生活。

仙鹤护国王

古时候，有一个善良的国王，他有很多敌人，特别在漆黑的夜晚，敌人随时有可能包围他的宫殿。

仙鹤拥戴国王，它们生怕国王遭遇不测，对他的安全十分关心。于是，仙鹤成了国王的义务哨兵。这些仙鹤分成三群，每一群都有规定的站岗地点，到了约定的时间轮班替换。

皇宫周围有一大片草原，在这里值勤的仙鹤最多；另外一些仙鹤负责看守宫殿的出入口；还有一些仙鹤负责在国王的寝宫，在国王睡觉时，它们睁着眼睛静静地守护在一旁。

"我们站岗时要是困了怎么办？"年轻的仙鹤问。

"我有一个百试不爽的高招儿！"领头的仙鹤说，"站岗时，我们都用脚爪抓住一块石子，万一谁忍不住打瞌睡了，石子就会从爪子里掉下来，这声响会让所有仙鹤变得警觉。"

自此以后，仙鹤们每天晚上都严格地值勤，并用一只脚站立在哨位上。为了国王的安全，谁都没有让石子从自己的脚爪里掉下来。

仙鹤由于忠于职守，因此，人们又称它是王鹤或冠鹤。

背信弃义的老朋友

有个人积累了很多的钱财,他舍不得这些钱,整天为这些钱的保管问题伤脑筋。

一天,他向老朋友诉说了自己的苦恼。

老朋友回答说:

"如果你不介意的话,我建议你把家里的钱财全拿出来,放到一个最安全的地方藏起来。"

这个人便问老朋友:

"你可不可以告诉我什么地方最安全呢？"

老朋友把手往地上使劲指了指说:

"埋在地下最保险。"

这个人一听这话,觉得很有道理，就带上钱财，在老朋友的指引下，挑了一个地方，挖好坑把钱财埋了下去。

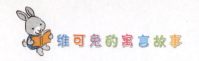

过了一些日子,这个人不放心,回到埋钱的地方看了看,发现钱没了,只有一个坑。他知道这一定是老朋友背着他干的。于是,他到老朋友家中说:

"亲爱的朋友,我家里还有一些钱,我想明天晚上把这些钱和先埋在那儿的钱放在一起。"

老朋友一听这话,觉得有利可图,当天晚上就将挖走的钱财放回原处,他想等这个傻瓜朋友把所有的钱埋在一起后,再偷偷拿走。

然而,对老朋友的背信弃义,这个人看得很清楚。第二天他把老朋友放回去的钱全取走了。从此,他也断绝了跟这位老朋友的来往。

只顾利益,不顾朋友的人终将一无所获。

待 遇

农民家里有一匹马和一头驴子，驴子总觉得马的待遇比自己好，只要主人把驴子和马喂完离开后，驴子总会对马说这样的话：

"唉，上帝总是说自己公平，可是上帝做的一些事却不公平。比如说，我驴子吃的东西总不如你马吃得好，你看看你槽头上主人给喂的料，又精又细，美味可口。你看看我这槽头上是什么？净是干草。你真幸运，我太不幸了。"

马回答说："我的活儿又重又多，当然要多吃。"

驴子说："我干的活儿也不少，而且都是又臭又脏，没人干的活儿。"

马也不争辩什么，只有驴子自己在那儿长吁短叹。

没多久，爆发了一场战争，这匹马被国家征用了。战士们骑着它冲锋陷阵，结果，在一次战役中，马受了重伤，倒在血泊里了。

驴子知道这件事后，才真正明白上帝对每个人的安排都是有道理的，不要只羡慕别人比自己好的一面。

不同命运的犁

有这样两张犁，用同一块铁铸成，由同一个工厂锻造，其中一张到了农人的手里，马上耕作起来；而另外一张犁，为了偷懒，趁送货员疏忽躲进了一堆杂草丛里。

过了一段时间，当光亮的犁滑过布满荆棘的杂草丛时，两张犁偶然又碰在一起了。那张到了农人手里的犁，好像银子似的锃光闪亮，甚至比刚出工厂时更加光亮；而那张无所事事躲在杂草丛中的犁呢，却变得黯淡无光，上面布满了铁锈。

"请问，你为什么会那样光亮？"那张生满锈的犁问他的老朋友。

"这都是劳动的关系。"那光亮的犁回答他说，"亲爱的，要是你生锈了，变得不如以前的话，唯一的原因是你老躺在那儿，什么活儿也不干。"

光亮的犁说完就准备离开，可当它经过朋友的身边，那张生锈的犁由于长年累月的偷懒，身体已经非常糟糕了，被朋友轻轻碰了一下就拦腰折断了。

诚实的樵夫

有位樵夫不小心丢失了砍柴的斧子。没了斧子樵夫就无法工作，不工作就没有钱买粮食。

所以樵夫着急地哭了起来：

"斧子呀，我的斧子，你在哪儿呀？"

天上的神仙听到了樵夫可怜的哭声后，很可怜樵夫的处境。神仙便派了一个信使找到了樵夫，拿出一把金斧对樵夫说：

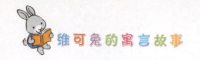

"喂，樵夫，你的斧子没有丢，你看一看这把斧子是不是你的？"

樵夫看了看信使手上的金斧头说：

"我不能要这把斧子，因为，它不是我的斧子。"

信使从背后又拿出一把银斧子对樵夫说：

"你再看看这把斧子是不是你的？"

樵夫一看信使手上的银斧子，忙摇摇头说：

"这斧子也不是我的，我的斧子是一柄木头把斧子。"

信使听了这话，就从背后拿出第三把斧子，果然是那柄木头把斧子。

"没错，这斧子是我的。"樵夫说。

"你是一个诚实的人，这三把斧子都给你，这是神仙表彰诚实人的奖品。"信使说。

对于不属于自己的东西，哪怕再珍贵，也要诚实地拒绝接受。

洗心革面的武士

古时候，中国有位武士，他力大无穷，武功高强。但他没有把自己的长处用到保家卫国、除暴安良上。还是看看他的作为吧：邻居家的牛踏进他家的农田，他拔剑把邻居的牛杀死，连死牛也不肯归还；一个中年人偶然踩到他的脚，他把人家打得骨断筋折；为了给自家建房，他拆了村民集资修建的庙宇……

佛祖知道了，就把他的灵魂招去，让他看到另一番景象：他被一个比他更强的人打得奄奄一息；先前他欺负过的人，有的去抢他的家产，有的争夺他的田地，弄得他家破人亡。

武士吓得连忙拜倒在佛祖面前，请佛祖保佑。

佛祖问："轮回报应，因因相施，你造的孽还给你家，不是正好吗？你应该满意才是。"武士羞愧得无地自容，向佛祖发誓要洗心革面。

当他悠悠醒来的时候，发现家里一切安然，就决定重新做人。从此，他擒盗贼，抗强暴，主持公道，从戎作战，建立了赫赫功勋。他死后，乡民为他立庙祭祀，香火不绝。

猎人与熊

有两个朋友缺钱花,他们一合计,决定到树林里打猎,用动物的皮换钱。他们找到皮货商,说明了自己的来意。

"如果你们能够剥下一张刚死的熊皮,我就可以给你们大价钱。"皮货商说。

两人一听老板的要求和价格,顿时高兴极了,因为树林里经常会有熊出没。他们一块儿到森林里去了,准备寻找猎物。他们刚一进森林,迎面就走来一头熊,熊已经好几天没吃东西了,一见两人过来,立即扑了过来。两个猎人中的一个人吓得一下子爬到树上,浑身直发抖;另一个则立即躺在地上一动不动,因为他知道熊是不吃死人肉的。

熊一晃一晃地来到地上躺着的那人身边,

> 在危难面前,不要只保全自己,也要为别人着想。

拨弄了一下他的耳朵,只见他一点儿反应也没有;熊又低下头闻了闻他的鼻子,他一丝气也不敢出。熊以为是死人,就一步跨了过去,走了。

树上那人看见熊走得不见影了,才从树上下来,他问躺在地上的同伴:

"熊刚才对着你耳朵说了些什么?"

同伴对他朋友刚才的表现很不满意,就小声说:

"熊说:'你的朋友怎么扔下你跑到树上去啦?这种人的肉没人味儿,算了,我不吃他了。'"

开屏的孔雀

一只黑溜溜的秃鼻子乌鸦见孔雀披着闪光的绿羽衣，拖着一条五彩斑斓的长尾巴，嫉妒得要死，千方百计想要当众羞辱它一番。

这天，秃鼻子乌鸦邀百鸟们去拜访孔雀，并吹捧孔雀道："孔雀大哥，天下再没有什么鸟儿比您更漂亮啦！您那光彩夺目的羽屏，一旦张开，简直美丽非凡。难得今天百鸟齐集在这里，您就张开羽屏，让大家开开眼界吧！"

孔雀被秃鼻子乌鸦一吹捧，早就昏了头啦，一听要它展开羽屏，便把尾巴张得大大的，一边慢慢地旋转着身子，一边得意忘形地问鸟儿们看清楚没有。

"孔雀大哥撅起尾巴，叫我们看它的臭屁股，大家看清楚了吧！哇哇，哈哈……"当孔雀忘乎所以的时候，秃鼻子乌鸦突然指着它的屁股高声嚷起来。

"当着这么多的客人面前露出屁股，真不害臊！"不知谁骂了一句，鸟儿们有的跟着骂，有的捧着肚子在笑。

孔雀知道自己爱慕虚荣，上了乌鸦的当，羞愧极了。

骄傲的孔雀

穿着花衣裳的孔雀在湖边不停地来回走动着，它一次又一次地向湖边的小鱼小虫们展示着自己的美丽。

一只白鹤路过这里，落在水边休息一会儿。孔雀对白鹤说：

"啊，亲爱的远方来客，欢迎你到我们这儿来观光，你看一看我身上的羽毛多么漂亮、色彩多么缤纷呀。我的羽毛像天边的晚霞一样

145

美丽,而你呢,我亲爱的远方来客,你身上的羽毛一点儿花色也没有,素得像一团普通的白棉花,多可怜呀!"

白鹤听了孔雀的话,微微一笑,对孔雀说:

"我的叫声可以响彻云霄,我展翅一飞,可以飞上云端,俯瞰大地。你身上的羽毛虽然漂亮无比,但是,你只能同鸡犬鸭一样,整天在地上行走,永不能上天,这又有什么用呢?你能像我一样周游世界吗?像我一样见多识广吗?你只能像个小岛上的土人一样在巴掌大的地盘上炫耀罢了。"

说完,它展开雪白的翅膀轻盈地飞走了,只剩下羞愧的孔雀独自反省了。

每个人都有自己的长处,不要拿自己的长处与别人的短处比。

有勇气的燕子

人们常常用槲寄生这种植物做成面糊捕捉鸟类。燕子发现槲寄生开始发芽的时候,就召集鸟类,告诉它们这件事情,燕子对大家说:

"大家都知道,人们用来捕捉我们的槲寄生已经开始发芽了,这对我们来说是很危险的。希望大家能把槲寄生从橡树上面砍掉。"

鸟类们认为这是一件不可能办到的事,都不愿意去做。燕子见这些鸟儿如此态度,很是着急。总是得想个办法救救鸟类啊!

燕子想了很久,它觉得,要救鸟类最根本的办法就是去找人类,请求人类本着一颗仁慈

的心，不要再杀害鸟类。但是，燕子心里明白没有鸟儿肯去对人类说明它们的希望。所以，燕子决定自己冒险去向人类请愿。

燕子飞去对人类说："人类和鸟类都是大自然中的一种动物，希望人类能爱护鸟类，大家和平共处。"

人们觉得燕子既聪明又有勇气，因此就留下燕子和他们住在一起。从此，燕子就大方地在人类的屋檐下筑巢。

> 有勇气大胆地迈出第一步，就有可能改变你的一生。

妈妈的耳朵

宝宝躺在摇篮里,妈妈摇着摇篮。

摇呀摇,宝宝睡着了,妈妈累得也睡着啦。

雷公公和电婆婆出来巡夜。电婆婆甩甩手,刷啦啦,照得天亮地也亮。雷公公顿顿足,轰隆隆,炸得地动山也摇。

妈妈呢?仍旧睡着,没看见也没听见。

"咦?这位妈妈准是个聋子,我的声音这样大,她竟一点儿也听不见。"雷公公对电婆婆说。

电婆婆打个亮闪往里瞧。哟,宝宝醒啦,嘴巴动了动,不知是要哭还是要笑。可是真奇怪,妈妈一下子也醒来啦。

"这位妈妈的耳朵可真灵!娃娃只张了张嘴,还没发出声音,她就听到啦。"电婆婆对雷公公说。雷公公顿时糊涂了。

"你呀,不懂做妈妈的心!天下的妈妈心里都装着宝宝,她们人虽然睡了,可心却没睡着呢!"电婆婆笑着说。

雷公公不好意思啦!就和电婆婆跑回天上去了。

宝宝呢?仍旧躺在摇篮里,望着妈妈眯眯笑。

妈妈呢?依然摇着摇篮,望着宝宝笑眯眯。

雪松树

农夫种了一片树，什么苹果树呀、梨树呀、无花果树呀，各种树都长得茁壮茂盛，其中雪松树长得最好。每个季节过后，雪松树都比其他的树长得高一截。久而久之，雪松树已经高过果园里其他树一大截了。

谁路过果园，都要对高大茂盛的雪松树赞美几句。

农夫对雪松树也格外照顾，经常给雪松树施肥浇水。雪松树在农夫的照料下长得更加茂盛了。雪松树高高在上，其他的树都比它矮。

雪松树有时看着比自己矮许多的树木时，就有一种帝王的感觉。

一天，雪松树对农夫说："马上把核桃树给砍了。"

农夫照办了，砍去了核桃树。

又过了一天，雪松树命令农夫："把无花果树给砍了。"

农夫又照办了。就这样，没几天工夫，果园里其他的树全被砍了，整个园子里只有雪松树孤单单地立在那儿。没有谁妨碍它观赏四周的景色，也没有谁陪伴它了。

冬天到了，狂风大作。雪松树使出全身劲儿紧紧抓住脚下的土地，顽强抵抗着狂风的袭击。然而，果园太空旷了，狂风猛烈地摇撼着雪松树，任凭它使出吃奶的力气拼命坚持也无济于事。最后，雪松树被无情的狂风连根拔起，重重地摔在了地上。

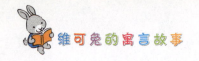

大山怀抱里的水

大山里的水像一群喧闹的孩子，整天"叮叮咚咚"地奔流着。那清亮的嗓子、活泼的姿态、愉快的情绪，使大山看了觉得心里高兴。于是，大山便伸出双臂，搭在胸前，围成一道大坝，把它们留住了；于是，山水汇合在一起，变成了一个美丽的潭，最后，又变成了一个碧绿的湖。

湖水绿得发蓝，谁见了都觉得可爱。太阳、月亮、蓝天、白云、绿树、红花，就连猴子和鸟儿都乐意跟它做朋友。

"孩子你看这地方有多好，你就乖乖地住下来，和大家快快活活地过日子吧！"大山高兴地对流水说。

可是，有一天，湖里忽然起了涟漪，湖水不停地动荡着。大山觉得奇怪，问它们怎么了。当得知它们要下山时，大山慌了。因为山下是万丈深渊，它们下去会粉身碎骨的！

尽管周围的伙伴一再挽留湖水，但湖水却说干渴的大地需要它们，万顷禾苗等待着灌溉。

湖水说完，纵身跃向万丈深渊，于是它变成了瀑布，激起弥天水雾，向着无边无际的原野奔流而去。

跳蚤与牛

很久以前，相传跳蚤与牛的身体都是一样大小的。它们形影不离，生活在水草丰美的森林里。

一天，跳蚤从苍蝇那里得知大山的另一边有一座城市，那里的屋子很高大，而且冬暖夏凉，还有各种吃不完的食物。跳蚤动心了，它约牛一起去了那座城市。它们玩够了，肚子也饿了，牛耸了耸肩膀说：

"我有的是力气，我可以帮别人干活儿，换来吃的。"

碰巧，有户人家要搬干草，就雇了牛，牛干完活儿就可以吃到干草。跳蚤在街上转悠时，看见一个人手里有一张饼，于是就跳过去吃饼，但是一不小心，却咬到那人的胳膊。没想到味道鲜极了，它就吸了那人好多的血，也饱了。

晚上，牛和跳蚤见面了，它们决定以后就在这里生活。从此，牛就凭借着浑身的力气换取青草和干草，而跳蚤却以喝人的血为生。牛只是默默地干活儿，很招人们喜欢，它的身体越来越壮。跳蚤吸人血，总被人打，只好慢慢缩小身材，藏在床板缝隙里、棉衣套子里，最后越变越小。

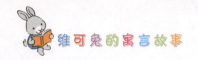

奴隶与狮子

森林中一头凶猛的狮子不幸被一根尖利的木桩子刺进脚掌,它没有办法把木桩子弄出来。几天的工夫,狮子的脚掌全化脓了,疼得它只好待在树洞里。

这时,一个奴隶为逃避奴隶主的虐待,逃进了森林。可是奴隶主派人也追到了森林。奴隶只好躲进一个树洞里。奴隶钻进洞才发现狮子,可是再出去也不行,追兵就在外面,奴隶只好闭上眼睛等死。奇怪的是,狮子并没有动静。

等外面的追兵远去之后,奴隶才发现这是一只受伤的狮子,大滴泪珠正挂在狮子的眼角。

奴隶小心翼翼地走上前去,仔细地查看狮子的伤口,然后又用手握住木桩子,一使劲儿,把木桩子拔了出来。

狮子十分感激奴隶,亲昵地用舌头舔着救命恩人的手背,它们互相靠在一起,度过了漫长寒冷的一夜。第二天,奴隶与狮子告别了,奴隶要寻找返回故乡的路。狮子不停地用爪子轻轻地拍着奴隶的脚背,用舌头舔奴隶的胳膊。奴隶低下头轻轻吻了下狮子的额头，转身就上路了。

奴隶在路上只行走了几天，就被奴隶主派来的人给抓住了。

奴隶主把奴隶关在有院墙围着的场地里，然后，将一只饥饿的狮子放进院里，让赤手空拳的奴隶与狮子搏斗。而奴隶主自己却待在场外欣赏这血淋淋的场面。

铁门打开了，一头饥饿的狮子放了出来。狮子张着血盆大口冲向奴隶，全场观看的人都屏住了呼吸。可是令人不解的是，狮子到了奴隶跟前，却蹲在奴隶身边，用嘴唇不停地蹭奴隶的双腿。原来这正是被奴隶救治过的那头狮子。奴隶那天走后，这头狮子也被捕获了。

所有的人简直不敢相信自己的眼睛，天哪！这一切太令人吃惊了！于是奴隶向所有的人讲起了他和狮子的故事。人们被这两个有情有义的朋友的故事感动了，强烈要求释放他们。最后，奴隶和狮子都获得了自由。

马变骆驼

马跑到众神之王宙斯住的地方，请求宙斯将它身上某些部位改进一下，以便使它更加完美无缺。

宙斯问马哪些地方觉得需要改进。

马指着自己身体的不同部位说：

"你看，我的腿还可以更高一点儿，更瘦一点儿，这样我就会跑得更快一些。我的脖子也短点儿，要再长一些就更英俊了。我的前胸还可以更宽阔一些，这样我会更有风度。如果我以后还有驮人的任务，那么最好背上还应有可以乘骑的马鞍子之类的附件，这样就比较理想了。"

宙斯笑眯眯地答应了马的要求。等马睁开眼细看时，眼前分明是一匹骆驼。马一看到骆驼的样子，吓得收回了刚才的请求。

宙斯严肃地对马说：

"以后你不能再像现在这样想入非非了。要知道，外表的美是暂时的，并不重要，重要的是要让自己内心更完美无缺。"从此，马更尽心尽力地为人服务了。

手脚与胃

手脚四肢一天到晚干着繁重的工作，手上磨成了老茧，脚趾撑破了胶鞋，工作还没有干完。

手就不服气地说：

"脚兄弟，你看胃什么活儿也不干，却吃香的喝辣的，你说公平不公平？"

脚指头回答说：

"手兄弟，这真的不公平，凭什么我们用汗水养着它？"

手脚这两个家伙一商量，决定不给胃干活儿了。当胃得知手脚是因为不服气自己坐享其成而罢工时，什么也没说。

过了两天，胃也没法儿工作了，身上没有养分，血液供血不足，手和脚都觉得无精打采，无力说话。

这个时候，胃说话了：

"手兄弟、脚兄弟，你们不干活儿，主人就没钱买面包，没有面包吃进来，我就没法儿工作。我不工作，你们就没有养料，这样下去，谁也活不了。"手和脚听后吓了一大跳，原来胃的工作这么重要。于是，它们又团结在一起，好好工作了。

简洁流畅的语言
组成一个个小故事
将智慧和美德等优秀品质
带给每一位读者